多多羅 著　心傳奇工作室 繪

探 邁克狐

命運的預告信

千面怪盜篇

1

偵探守則

想要成為偵探，必須記住以下守則：

1. 絕不放過任何一個細節；
2. 絕不輕易推翻任何一種推論；
3. 持續閱讀，豐富自身的知識儲備；
4. 堅持真理和正義。

偵探簽名：＿＿＿＿＿＿

小偵探
個人檔案

請貼上你的照片吧！

姓名：

年齡：

我的優點：

我的缺點：

我喜歡的東西：

我討厭的東西：

我的夢想：

人物檔案

邁克狐

性別：男　種族：白狐

總是說著「任何罪惡都逃不過我的眼睛」的大神探，屢屢破獲奇案。

聰明帥氣，風趣優雅！悄悄告訴你，他最喜歡吃的就是棒棒糖，因為糖分能讓他的大腦轉得更快！

千面怪盜

性別：不詳　種族：不詳

被迷霧籠罩著的暗夜怪盜，沒有人知道他的名字、他的種族，甚至沒有人知道他到底是男是女。每次出現，他的偽裝都天衣無縫。他收集藝術品的目的是什麼，沒人知道。邁克狐和他的較量持續中。

啾颯

性別：男　種族：啾啾族

從啾啾島來到格蘭島打工的啾啾族水鳥，一開始不會講動物通用語的小可愛。

雖然身體小小的，卻擁有大大的勇氣與智慧。

豬警官

性別：男　種族：麝香豬

比起「杜克．嘟」這個名字，更習慣讓大家叫自己「豬警官」，因為顯得更親切。豬警官是格蘭島警察局的主力警官，奔波於各個案發現場。

雖然不是很聰明，但是富有正義感，在邁克狐探案過程中提供了強而有力的幫助。

目錄

CONTENTS

01

休休旅館離奇失竊案

森林裡迎來了一場暴雨，雨水嘩啦啦地傾瀉而下。

在這個不平靜的雨夜，一隻白狐收起了手中的黑傘，抖了抖身上的雨水，走進一棟名叫「休休旅館」的大樓。

這可不是一隻普通的白狐！他戴著一頂貝雷帽，披著長長的格子風衣，鼻梁上架著單邊金絲框眼鏡。如果你問他的工作是什麼，他會推一推鏡框，笑咪咪地告訴你，「你好，我是偵探邁克狐。」

邁克狐不喜歡下雨天，到處都濕漉漉的。而且，很多不好的事情都在雨天發生。一陣薩克斯風的音樂聲傳來，邁克狐順著聲音望去，看見一隻灰毛蝙蝠把爪子倒掛在櫃臺上，戴著墨鏡，鼓著腮幫子，嗚嗚嗚嗚地吹著。

蝙蝠是白天休息、晚上工作的動物，邁克狐猜想，灰毛蝙蝠應該開始吹奏沒多久。

聽見腳步聲，倒掛在櫃臺上的蝙蝠晃晃頭，啞著喉嚨開口了，「這位客人，發發善心，賞點錢吧！」

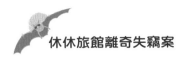

這時，刺蝟老闆慌忙從樓上跑下來，一看見邁克狐，就衝上去握住他的手，說：「神探邁克狐！真是不好意思，下這麼大的雨，我還把你請來。」

邁克狐點點頭，輕聲問：「這位先生是怎麼了？」

「這是老蝙蝠，眼睛看不見。」刺蝟老闆同情地嘆了口氣，「我看他可憐，就收留了他，老蝙蝠在旅館有一陣子了。旅館的客人也經常會施捨他一點零錢。」

「眼睛看不見嗎？」邁克狐盯著老蝙蝠的墨鏡看。

見邁克狐沒有要施捨的意思，老蝙蝠把頭偏了過去，繼續吹他的薩克斯風。

刺蝟老闆把邁克狐請到辦公室，剛坐下就愁眉苦臉地嘆氣，

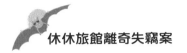

科學小站

倒掛的蝙蝠

蝙蝠的頭部和軀幹像老鼠，四肢和尾部之間有皮質的膜相連，夜間常在空中飛翔，捕食蚊蛾等昆蟲。

蝙蝠的後肢短小，不能支撐行走和彈跳，所以蝙蝠不能像小鳥一樣直立，並迅速地離地起飛，只能用爪倒掛在屋簷下或樹枝上，從高處滑翔一段距離後才能起飛。

「唉！我們旅館最近鬧小偷，天天丟東西，而且客人丟的東西都得由旅館賠！這樣下去，旅館很快就要賠到倒閉了！」刺蝟老闆訴起苦來嘰嘰喳喳，配合著薩克斯風襯樂，聽起來有點嘈雜。

幸好邁克狐耐心十足，「別急，我們換個地方，坐下來慢慢說。」

邁克狐從刺蝟老闆的話中發現，一周前開始，每位新入住的客人都會有東西不見。刺蝟老闆一到晚上就把門窗鎖好，可是一點用都沒有。

「我知道了。」邁克狐推了推眼鏡，鄭重地點點頭，「接下來，我們就來把這個狡猾的小偷找出來吧。你找到我，就已經邁出了找到真相的第一步。」

邁克狐先翻了翻旅館最近的入住記錄，所有在旅館住過的客人都被登記在上面。然後，他又詢問了幾位丟過東西的客人。

「誰知道呢，睡前包包明明放在櫃子上，天一亮，什麼都沒有了！」

「我也是。要不是老闆賠了錢，都要懷疑東西是老闆偷的了。」

「會不會真的是……鬧鬼了呀？」

大家你一言我一語地討論著，都是在睡夢中東西不翼而飛，沒有人聽見任何撬門之類的聲響。邁克狐決定先進入昨晚被偷的客人房間找尋線索。

房間還沒來得及收拾，一片零亂。和以往探案時一樣，他從口袋裡掏出自己的放大鏡，地毯式搜索著每個角落。突然，邁克狐的視線定格在床腳旁邊，那裡散落了些不起眼的灰塵。邁克狐捏起來一點，放在鼻尖聞了聞，說：「啊，果然是這個。」

邁克狐仰起頭，看見在灰塵正上方的天花板上有幾道淺淺的、像爪印一樣的痕跡。偵探先生嘴角揚起了微笑，「果然是他幹的。」

大雨一直下到深夜。

邁克狐拉著刺蝟老闆，悄悄地躲在老蝙蝠房間的桌子下面。刺蝟老闆縮成一團，生怕自己的刺扎到邁克狐。

刺蝟老闆壓著聲音問：「為什麼是他？老蝙蝠明明是個瞎子啊！」

「蝙蝠辨別方位靠的是口鼻發出的超音波，再用靈敏的耳朵收集周圍傳來的回聲，這種聲音我們是聽不到的。所以，老蝙蝠在夜晚根本不用眼睛看，也能自由飛行。因此，他並不能算是真正的瞎子。老蝙蝠騙了你們。」

邁克狐向來溫和有禮，說話輕聲細語，但此時的語氣卻帶了一點嚴厲，「他利用了大家的善良，真是太可惡了。不過，任何罪惡都逃不過我的眼睛。」

一時間，房間裡一片靜悄悄。這時，房間的門吱呀一聲打開了。老蝙蝠飛了進來，身上還背了沉甸甸的麻袋。

果然是他！刺蝟老闆差點驚叫起來。

緊接著，老蝙蝠啪地打開窗戶，大風裹著暴雨掃進了房間。

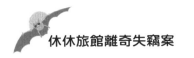

老蝙蝠背著偷來的東西，就這麼衝出了窗外！

「不好，他要逃跑了！」刺蝟老闆這回真的叫了出來。這時，他身邊的邁克狐已經跳上窗臺，緊跟著衝了出去！

大雨淋濕了邁克狐的鏡片，乾脆摘下來收進口袋；風衣也被雨水淋得沉甸甸，邁克狐直接脫掉風衣，穿著薄薄的襯衫和背心，在雨中飛奔追趕著前面的老蝙蝠。

邁克狐全身的毛髮和衣服都濕透了，看起來狼狽不堪，但他眼裡閃爍著異常堅定的目光。不久，老蝙蝠進了一個黑漆漆的山洞。邁克狐放輕腳步追了進去。

山洞裡藏著老蝙蝠偷來的東西。他扇了扇翅膀，哼著歌、點著贓物。突然，感覺到了什麼似的，老蝙蝠緊張地緩緩回過頭。

科學小站

蝙蝠的視力

蝙蝠是對翼手目的通稱，大部分的蝙蝠（小翼手亞目）並不是用視力分辨方向的，蝙蝠在夜間也能準確地捕捉獵物，是因為利用了回聲定位。牠們能發出超音波，脈衝在環境中碰到獵物反射回來，就算看不見，也知道獵物在哪裡喔。

邁克狐猛地跳上前去，一把抓住了他的翅膀！

老蝙蝠驚恐地問：「你……你怎麼在這裡？」

「我當然是為了你來的，」邁克狐冷冷地說：「到此為止吧！小偷先生，別裝了。」他扯掉掛在老蝙蝠臉上的墨鏡。

老蝙蝠慌張極了，他趴在地上，向邁克狐求饒道：「你……你看這樣行不行，你放過我這一次，這個山洞裡所有的東西都隨便你挑！」

「哼。」邁克狐卻冷笑起來，「別打這些歪主意了，我才不在乎這些東西。」

老蝙蝠沒了辦法，垂頭喪氣地嘟囔，「那你在乎什麼啊……」

「真理和正義！」

第二天，雨過天青，漂亮的彩虹掛在天上。老蝙蝠認了罪，所有的贓物都還給了原來的主人。刺蝟老闆臉上喜氣洋洋，休休旅館的生意又好起來了。

唯一不太好的，是我們的神探邁克狐，因為淋了一夜雨，得了重感冒，正披著毛毯、擦著鼻涕和刺蝟老闆聊天。

「老蝙蝠先騙人說自己是瞎子，白天乞討，晚上就潛入客人的房間，用迷香把客人迷暈，偷走東西，直接運回他的洞穴裡。」

「竟然是這樣……我真沒想到會是身邊的人，」刺蝟老闆嘆氣道：「為了這個案子，你這麼辛苦，現在還生病了……唉，真是抱歉啊！」

「哈～～哈啾！」邁克狐打了個好大的噴嚏，不好意思地微笑起來。現在的他，又是那個文質彬彬、對誰都很和氣的神探邁克狐了。

「沒關係，找出真相，抓住壞人，是我的職責。況且，能為心中的正義而付出，正是我身為偵探的榮幸啊！」

偵探謎題

啾颯和他的家人朋友曾經幸福地生活在啾啾島上，但是後來他們卻被迫從啾啾島離開，在世界各地流浪，而啾啾島一點一點地被海水吞沒。

聰明的偵探助理，你知道啾啾島毀滅的真正原因嗎？

啾颯把解答這個問題的線索藏在本書第 3 頁到第 33 頁間的神祕數字裡。

請你找到這些數字，再使用書末的偵探密碼本，找出最後的答案吧！

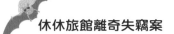

02 命運的預告信

這天，神探邁克狐收到了一封奇怪的預告信，這封預告信讓他與傳奇怪盜的命運從此交織在一起。

格蘭島西南部的星光島上，傍晚涼風習習，溫柔的浪花輕輕拍打著細膩的金色沙灘，沙灘不遠處的貝殼展覽館燈火通明。今夜的貝殼展覽館，將舉辦一場盛大的海濱珠寶展。

此時，神探邁克狐獨自站在海邊的黑色礁石上，表情十分凝重。

他的手中握著一張燙著金邊的卡片，海風掀起了他風衣的一角，邁克狐推了推眼鏡，轉身快步走進了展覽館。

展覽館的後臺，主辦人海龜老爺正坐在輪椅上，瞇著眼睛，出神地欣賞著他最得意的藏品，也是這次珠寶展的主角——珍珠王冠。

王冠由昂貴的綠水晶和紅水晶雕刻而成，頂部鑲嵌著十一顆圓潤的珍珠。最中間的那顆珍珠在燈光下反射出絢爛的七彩光芒，無比尊貴與美麗，令所有人讚嘆不已，聽說在黑夜裡，這顆珍珠還會發出熒熒的亮光！

但是邁克狐看也不看王冠一眼，他用沉著的聲音對海龜老爺說：「為了展品的安全，我希望你能夠取消這次展覽。你的珍珠王冠已經被盯上了。」

可是，海龜老爺依舊盯著面前的珍珠王冠，一動也不動。反而他身後戴著紅色小領結的年輕白狐狸忍不住驚叫了起來，「為什麼？」

緊接著，這隻白狐狸和邁克狐握了握手，解釋道：「抱歉，海龜老爺的聽力不太好。我是他新上任的助理，有什麼事情你和我說就好。」

邁克狐嚴肅地點了點頭，將手中的卡片遞了過去，沉聲道：「這是我今天早上收到的預告信。」

白狐狸接過了預告信，上面用精美的花體字寫著：

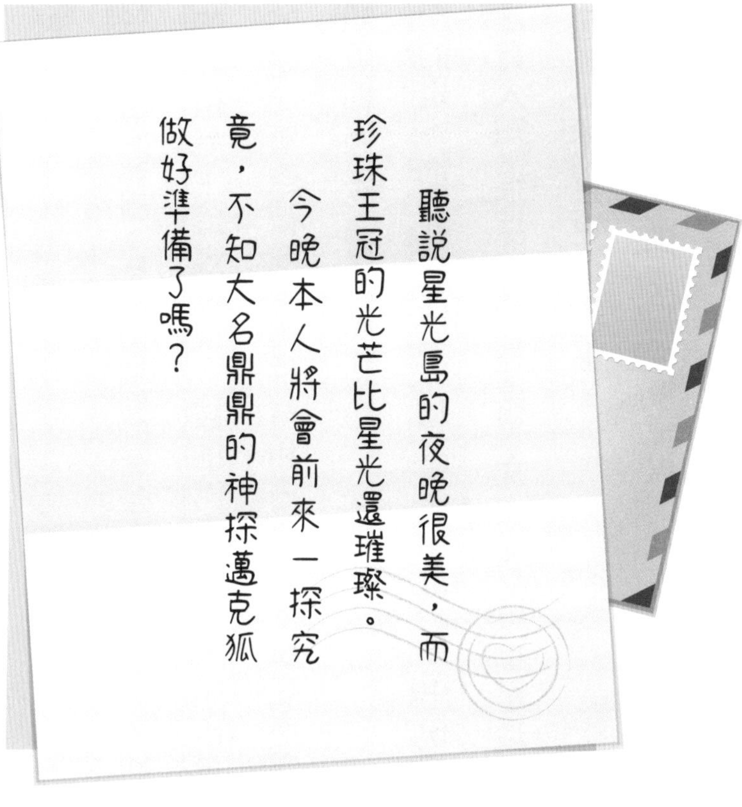

聽說星光島的夜晚很美，而珍珠王冠的光芒比星光還璀璨。

今晚本人將會前來一探究竟，不知大名鼎鼎的神探邁克狐做好準備了嗎？

看見最後的落款，白狐狸忍不住叫了起來，「竟然是……千面怪盜！」

也難怪他這麼驚訝。千面怪盜的名字恐怕很少人不知道，他熱愛美麗的藝術品，這幾年來，被他偷走的珠寶和古董不計其數。奇怪的是，這些被偷走的珠寶和古董從來沒在市場上出現過，沒人知道他偷這些寶貝做什麼。

最傳奇的是，他變裝的技術非常厲害，每一次出現都是不同的模樣，沒有人知道他的性別是男是女，身材是高是矮，毛色是白是黑，因此，不曾有人抓住他。

作為正義的偵探，邁克狐從很早以前就渴望能夠和千面怪盜交手，卻從未有機會遇見他。沒想到這一次，他竟然找上門來了！

白狐狸的尾巴耷拉了下來，看起來完全崩潰了。

「這……這該怎麼辦才好！海龜老爺為了這次展覽花了很多心力，他不可能同意取消展覽，」他搖著邁克狐的手說：「神探邁克狐，請你一定要幫我們想想辦法呀！」

邁克狐看著白狐狸可憐兮兮的樣子，嘆了一口氣。

忽然，邁克狐輕輕拍了一下手，說：「你放心，我想到了一個辦法。」

他把計畫告訴了白狐狸，聽著聽著，白狐狸笑得嘴角都快咧到耳根了。「真不愧是神探邁克狐！再也不會有比這個更好的主意了，就讓我來布置吧！」

晚上八點整，珠寶展正式開幕。受邀的嘉賓聚在裝著珍珠王冠的玻璃展櫃前仔細觀賞，讚嘆聲此起彼落。邁克狐站在珍珠王冠的後面，銳利的眼神掃視著現場，冷靜地觀察著面前的每一位嘉賓。

這時，「砰」的一聲，展覽館內的燈一下子全滅了！王冠上的珍珠靜靜地亮起了熒熒的光芒。

嘉賓們騷動了起來，邁克狐愣了一下，心中暗道：「不好！」在眾人驚惶失措的尖叫聲和腳步聲中，一個刺耳的聲音傳了過來。緊接著，「啪」的一聲，展館裡的燈又重新亮了起來。天花板上，一隻黃褐色的長尾猴抱著珍珠王冠，順著窗戶，朝沙灘逃去。

長尾猴在沙灘上狂奔著，邁克狐脫了風衣，緊緊追在他身後，把長尾猴一步一步逼到了海邊高高的懸崖上。終於，長尾猴無路可逃了，他抱著手中的珍珠王冠，大口大口地喘氣。

邁克狐不急著審問他，而是走上前，伸手摸了摸長尾猴懷裡的珍珠王冠。接著，奇怪的事發生了：王冠上那顆珍珠散發的熒亮光，竟然一點一點地被邁克狐抹掉了！

「就像你看到的這樣，這顆珍珠會發光，是因為上面塗了螢光粉。」邁克狐伸出手給長尾猴看他指尖散發著螢光的粉末說：「你辛辛苦苦偷來的這頂珍珠王冠是我偽造的。」

長尾猴的臉上卻並沒有氣惱的表情，而是狡猾地笑著。

「說，千面怪盜在哪裡？」邁克狐挺直了身體，推了推金絲框眼鏡問道。

長尾猴也站起來，笑嘻嘻地說：「大神探，你在說什麼，千面怪盜不就在你的面前嗎？」

邁克狐搖搖頭說：「作為一個傳奇大盜，拿到王冠這麼久都沒發現是假的，這是不可能的。」

長尾猴面不改色地回答：「哎呀，也許是剛剛太匆忙了呢。」

邁克狐沒有說話，他們冷冷地對峙著。海風獵獵吹拂著邁克狐雪白的毛髮，海浪滾滾撲打著礁石，遠遠地，九點的鐘聲響了起來。

「好吧！」長尾猴忽然開口了，他一伸手，把假的王冠扔進了海裡，「偉大的神探邁克狐，你知道真正的珍珠王冠在什麼地方嗎？」

邁克狐當然知道真正的王冠在哪兒，可是長尾猴的話是什麼意思？

這時，一個非常糟糕的猜測在邁克狐的腦海中閃過，他發覺長尾猴一直在拖延時間！

「不好！難道，珍珠王冠已經被千面怪盜……」邁克狐迅速回到了展覽館的儲藏室。白狐狸早就不見了蹤影，裝著真正珍珠王冠的保險箱門是打開的。

邁克狐從裡面拿出靜靜躺著的一封信，信上龍飛鳳舞地寫著：

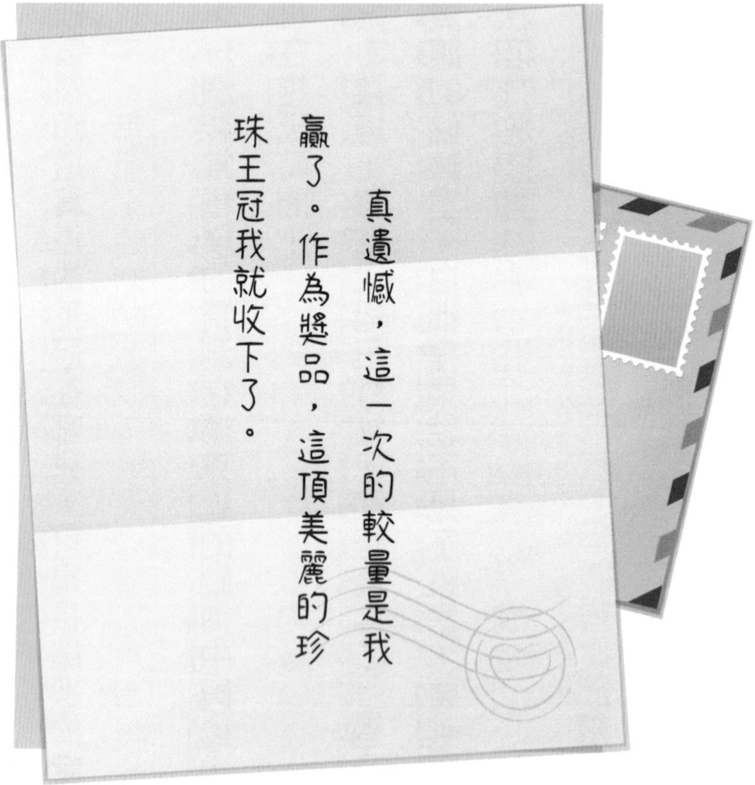
真遺憾，這一次的較量是我贏了。作為獎品，這頂美麗的珍珠王冠我就收下了。

署名是千面怪盜。在信的旁邊，還放著白狐狸繫在脖子上的紅領結。

原來，那隻白狐狸是千面怪盜假扮的，他從一開始就騙了邁克狐！邁克狐握緊了拳頭，拿著信跑出了展覽館。

一輪明月掛在夜空之中，仔細一看，半空中有一隻巨大的千紙鶴正在朝遠處飛去。一個魔術師裝扮的身影，頭上歪歪地戴著那頂王冠，風中傳來他那難辨男女的聲音，「珍珠王冠我就收下了，我們下次再見吧，掰掰！」

眼看著千面怪盜的身影離他越來越遠，邁克狐卻漸漸鎮定下來。又鹹又濕的海風撲在他的臉上，邁克狐下定了決心，「好的。但是下一次，我一定不會再讓你逃掉了。」

03 王宮密室失竊案

「又不見啦！」一大清早，山羊衛兵的哀號代替了公雞的啼叫，傳遍了王宮的每個角落。

剛到王宮工作的啾啾族水鳥——啾颯，也被這陣哀號吵醒了。外面吵吵嚷嚷的，發生什麼事了？

啾颯從床上跳下來，和外面慌亂的人群一起來到了嘈雜的源頭處——王宮廚房。廚房被圍得水泄不通，矮矮的啾颯被各種高大的動物擋在外面，他只能看見五顏六色的尾巴和毛毛腿。

不過這對啾颯來說可算不上難題，只見他眉頭一皺，深吸一口氣，圓鼓鼓的肚子立刻癟了下去，體型本來就小的啾颯變得更小，他輕易穿過縫隙，來到廚房門口。

山羊衛兵垂頭喪氣地守在一張空蕩蕩的桌子前，斑羚大臣則在整潔明亮的廚房裡走來走去，嘴裡不停地念著，「為國王準備的美食怎麼會又不見了呢？」

「每到晚上，廚房都會鎖上，連一隻蚊子都飛不進來。」

「還有你，你不是整個格蘭島最厲害的山羊嗎？怎麼每次連犯人的影子都看不到呢？」

「國王今天又不能及時享用美食，一定會生氣，他一生氣就一定會怪罪我，我就會被資遣，被資遣就會失業，失業就會沒錢，沒錢就會餓死！這該怎麼辦啊？」

斑羚大臣每說一句，就會不自覺地往上跳一下。他越說越急，越跳越高，最後砰的一聲撞到梁柱上，暈暈乎乎地在原地轉了三圈。

山羊衛兵扶著斑羚大臣站穩，兩人大眼瞪小眼了好一會兒，又叫起來，「怎麼辦呀？」

這時，人群裡有人拿著一份報紙問：「你們怎麼不去找找傳說中的神探邁克狐呢？」

斑羚大臣眼睛一亮，說：「對，神探邁克狐，我這就去請他過來！」說完，他抬起蹄子，一陣風似的跑了。圍在廚房周圍的

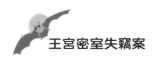

人也漸漸離開。

只有啾颯在原地疑惑地想：「神探邁克狐是誰？為什麼大家都這麼信任他？」

像是在回應啾颯的問題，報紙緩緩落到啾颯面前。他拿起一看，《格蘭島日報》的頭版印著巨大的標題：「神探邁克狐再破奇案！」

報紙上詳細報導了神探邁克狐破案的過程，還有一張帥氣的照片。照片上的白色狐狸戴著一頂格子貝雷帽，穿著一身瀟灑的格子風衣，一隻眼睛被單邊金絲框眼鏡擋住，看起來帥氣極了。

啾颯抬頭看了一眼這間被嚴密保護的廚房，內心的好奇驅

格蘭島日報

進化曆99年1月5日刊

神探邁克狐再破奇案！

【本報訊】近日，神探邁克狐成功破獲「休休旅館離奇失竊案」，將犯人老蝙蝠繩之以法。正如邁克狐所說的那樣：任何罪惡都逃不過他的眼睛！

使著他往裡面探索。就在他剛剛踏進廚房的一瞬間，發現自己的雙腳離開地面了！

「啾啾，啾啾！」啾颯大叫著，小小的腳蹼和翅膀四處揮舞，他想掙脫捏住自己後頸的手，可是無論他怎麼掙扎，那隻手都像鐵鉗一樣絲毫不動。啾颯就這樣被拎出廚房，放到地上。

「小朋友，案發現場可不能隨便進入喲。」山羊衛兵朝著啾颯露出和藹的笑容，啾颯氣呼呼地從懷裡掏出一張證件，跳起來送到山羊衛兵眼前。

山羊衛兵這才發現，面前這隻還沒有自己膝蓋高的啾啾族水鳥，竟然是王宮裡新來的清潔員。

他尷尬地朝啾颯鞠躬道歉說：「對不起，我還以為你是一個小孩子。不過，為了保護證據，所有人都不能進入案發現場喲。」

啾颯沒辦法，只好點點頭說：「啾啾，啾啾啾！」邁開小短腿，搖搖擺擺地離開了。

山羊衛兵皺皺眉頭，疑惑地自言自語，「他……他說的是什麼呢，我怎麼一句也聽不懂？不管了，我得守著廚房，神探邁克狐就要來了。」

被請出廚房的啾颯嘟著嘴走在廚房後面的小路上，心裡一直掛念著失竊案。要知道，啾颯從小就是一隻好奇心旺盛的啾啾，要是有什麼事情弄不清楚，他可是會睡不著覺的。

啾颯心想：「啾，根據我剛剛的觀察，整個廚房的門窗都被鎖鏈封住，外面沒有被破壞的痕跡啾……」他想得實在是太專心，完全沒注意自己面前出現了一個巨大的陰影。砰的一聲，啾颯狠狠地撞了上去！

「啾！」啾颯往後一仰，一屁股坐到地上。

「怎麼走路的？沒長眼睛啊！」一個惡狠狠的聲音從頭頂傳來，啾颯抬頭一看，天哪！他撞到了一頭老虎——一頭戴著草帽、背著工具箱的老虎！

「吼！」老虎仰天咆哮，震得啾颯短短的羽毛從腳到頭豎起，啾颯動都不敢動。老虎似乎很滿意自己產生的威嚇效果，他彎下腰，把腦袋湊到啾颯面前說：「你剛剛撞到的可是老虎維修工，是這座王宮裡唯一的維修工，是國王的維修工。你應該慶幸沒把我撞傷，不然王宮裡有什麼東西壞了，我來不及修，你有辦法負責嗎？」

說完，他張大了嘴巴，朝著啾颯咆哮。口水混雜著難聞的氣味噴到啾颯的臉上，薰得他都不能呼吸了。在啾颯暈頭轉向的時候，老虎維修工的口臭讓啾颯清醒過來，他被老虎維修工嚇壞了，趕緊從地上爬起來，然後順著小路一溜煙跑了。

「我又不是要吃了他，跑那麼快幹什麼？」老虎維修工摸摸鼻子，背著工具箱朝樹林走去，邊走邊嘀咕著，「不過他的腿這麼短，竟然能跑這麼快。哎呀，都這個時候了，我得趕緊去為國王修理東西了！」

很快，剛剛還很喧囂的小路恢復了平靜，只留下一連串啾颯的小腳印延伸向遠處。啾颯跑啊跑一直跑到筋疲力盡才停下來。

「啾……啾……嚇死我了……啾……」啾颯不停地喘氣來降低自己的體溫。對喜好寒冷的啾啾族來說，高溫就是他們的天敵，若是體溫長期在較高的溫度，那可就不妙了！

啾颯左右張望，發現自己來到了王宮的花園。現在是旱季，王宮所在的地區已經一個月沒下過雨了，而花園裡竟然依舊花團錦簇，有綠蔭遮掩，還有一池清涼的水！啾颯趕緊衝向池塘，用小翅膀掬起一捧水潑在自己臉上，好涼快一下。

「啾，得救了啾。」啾颯長舒一口氣，順勢坐在池塘邊，小腳蹼泡在池水裡有一搭沒一搭地晃著，嘴裡還哼著小調，「啾啾——啾啾啾——」

「雖然我聽不懂你在說什麼，但是聽語氣你在花園裡很開心。」

「誰在說話？」啾颯左右都沒看到人，低頭才發現水中有雙黑豆似的眼睛。隨著嘩啦啦的水聲，這雙眼睛的主人逐漸浮出水面——原來是一條帥氣的短吻鱷！

他爬上岸，驕傲地向啾颯介紹，「整個花園都是我精心照料的傑作，我就是格蘭島王宮裡最有品味、最優秀的園丁！」談起自己的傑作，鱷魚園丁就停不下來了，他不管啾颯和他的語言差異，拉著啾颯在花園裡四處參觀，還說要教啾颯種花。

忽然，啾颯一腳踩進泥坑裡，差點要摔倒。還好鱷魚園丁眼明手快，一把抓住他，啾颯才沒跌倒。

「啾，啾啾啾啾？啾啾啾！（最近都沒下雨。）」啾颯回頭

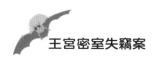

問鱷魚園丁，但是鱷魚園丁聽不懂啾颯的啾啾語，還以為啾颯在道謝，於是摸摸啾颯的腦袋說：「不用謝。」

「啾，啾啾……我一定要趕快學會說動物通用語才行啊！啾。」啾颯灰心地想。

夕陽像打翻了的調色盤，將整片天空染成橙紅色。王宮的人們聚集在門口，伸長了脖子看著道路的遠處。

「嗒嗒，嗒嗒……」隨著規律的車輪聲，一輛華麗的王宮專用車疾馳而來，然後穩穩地停在了大家面前。

為了一睹車裡那位大神探的風采，啾颯快速擠到了人群的最前面。

車門打開，一隻雪白的狐狸輕巧地跳了下來。只見他頭戴格

子貝雷帽，身披風衣，鼻子上還架著一個單邊金絲框眼鏡。

「邁克狐！是神探邁克狐來了！」人們歡呼著。邁克狐點點頭，優雅地行了一個鞠躬禮。多麼優雅的邁克狐！

就在他整理自己的袖口時，斑羚大臣從人群中嗖地躥了出來。斑羚大臣一把抓住邁克狐，拉著他往廚房跑。

斑羚大臣是出了名的跑步健將，他一邊帶著邁克狐跑，一邊連珠炮似的講述這起案件的經過，「神探先生，是這樣的。王宮最近出現了一名神祕的竊賊！」

斑羚大臣吹鬍子瞪眼地說：「那竊賊可不得了。每到晚上，我們都會把廚房鎖好，用鎖鏈封上門窗，還讓整個格蘭島王國最厲害的山羊衛兵守在外面！」他喘了口氣繼續說：「根本不可能有人能夠偷偷進去！可是到了第二天，廚房裡提前準備好的美食都會消失！哎喲！」

斑羚大臣實在是太激動了，說到最後一句話的時候，他高高地跳了起來，一頭撞在廚房的門框上，整個人暈頭轉向。

「哎喲……神探先生，這裡就是案發現場了。」斑羚大臣捂著腦袋說。

啾颯一直跟在後面，趁大家不注意溜進了廚房，他的眼睛始終盯著邁克狐，想要看看他到底是怎麼破案的。

邁克狐點點頭，抬腿走進廚房。他明亮的眼睛透過鏡片仔仔細細地打量著這個廚房：食材分門別類地擺放在一旁的大冰箱裡，各式各樣的廚房用具整齊地掛在乾淨的牆面上。

這時，邁克狐像是發現了什麼，走向廚房角落的巨大水缸。這真的是一個非常巨大的水缸，邁克狐要踩在高凳子上才能看見裡面。不過邁克狐只看了一眼，就從凳子上下來了。

啾颯心想：「雖然這個水缸很大，但也只是普通的水缸吧啾。」

接著，邁克狐又走向窗戶，拿出放大鏡仔細觀察起窗臺。窗臺上會有什麼呢？啾颯悄悄地走到旁邊，爬上小板凳和邁克狐一起觀察。

一旁的斑羚大臣搓著蹄子，激動地湊過來，問：「難道，竊賊是從窗臺翻進廚房的？」說話時，一陣陣氣流從斑羚大臣的鼻孔裡噴出來，邁克狐和啾颯趕緊遠離窗臺。

果然，巨大的噴嚏聲在廚房響起：「哈啾！哈啾！啊，啊，怎……怎麼這麼多灰啊？」

邁克狐走回來，遞給斑羚大臣一張手帕，解釋道：「既然連說話噴出來的氣都能揚起這麼多灰塵，那就說明這個窗臺已經很久沒有人碰過了。窗臺上也確實沒有類似腳印與爪印的痕跡，所以竊賊絕對不是從窗戶進來的。」

啾颯在後面點點頭，可惜並沒有人注意到他。

現在事情又陷入僵局了：既然竊賊不是從窗戶和大門進來的，廚房又沒有其他入口，那竊賊究竟是怎麼進來，怎麼離開的呢？

眼看廚房裡似乎沒有更多的線索了，邁克狐轉身向門外走去。廚房位於王宮的角落，離恢宏的城堡還有一段路。看著邁克狐望向城堡，斑羚大臣激動地問：「難道，你認為犯人就在城堡裡？」

邁克狐搖搖頭，說：「城堡與廚房之間相隔一段距離，中間只有潔白莊嚴的大理石地磚與路兩邊整齊的樹。如果竊賊從廚房偷完食物再回去城堡，一路上根本沒有可以遮擋身影的障礙物。」

聽了邁克狐的解釋，斑羚大臣和啾颯都同意地點點頭。於是邁克狐又望向另一個方向——在廚房的另一邊，有一條花團錦簇的小路，在遠處分了叉，分別通往兩個地方。

啾颯激動地揮舞著翅膀提供情報，「啾啾，啾啾啾啾——」

誰知卻被斑羚大臣一蹄子揮開。「你那啾啾啾的話誰聽得懂呀！神探邁克狐，這兩條岔路，一條通向鱷魚園丁的花園，一條通向老虎維修工的木屋。」

啾颯氣憤地噘嘴，腳蹼把一顆石子踢得老遠。「啾，我一定要學會動物通用語啾！」他心想。

邁克狐摸了摸啾颯的腦袋以示安慰，朝斑羚大臣道謝之後，先走向了老虎維修工的木屋。這真是一個雜亂不堪的院子。邁克狐和啾颯根本找不到落腳的地方：柴火七橫八豎地堆在院子的各個角落，左邊一把斧頭，右邊一把鉗子，籬笆上還掛著纏成一團的繩子……

啾颯聞到空氣中飄著一股臭臭的、腐爛的味道，垃圾桶周圍竟然都是飯菜的殘渣！當他們倆思考著怎麼進去的時候，一個兇惡的聲音從背後傳來。

「你們鬼鬼祟祟地在我家門口幹什麼？」是老虎維修工背著他的工具回家了。

老虎維修工把背上的工具箱放在地上，齜牙咧嘴、瞇著眼睛問邁克狐，「你是來偷東西的？」說完，沒等邁克狐開口解釋，他就秀出自己尖利的爪子和健壯的肌肉，繼續說：「看到我這比你的頭還結實的二頭肌了嗎？要是你敢使壞，我就一拳把你打趴，然後送到國王面前處置！」

多麼蠻不講理的老虎啊！

邁克狐搖搖頭，有禮貌地說：「我受到國王的邀請，來王宮抓偷吃食物的竊賊。」

老虎維修工這才放下自己的爪子，下一秒又問：「難道你懷疑竊賊是我？」

「我怎麼會懷疑國王的維修工呢？」邁克狐說：「我只是想了解一下廚房周邊的情況而已。請問你最近晚上睡覺時聽到過什麼動靜嗎？」

老虎維修工擺擺爪子道：「為了第二天能有充沛的精力去砍柴、為國王服務，我每天晚上都睡得很沉，一覺睡到天亮，這樣才能養精蓄銳！」

「啾，這隻老虎根本什麼都不知道嘛啾！」啾颯失望地想。

邁克狐鏡片後的眼睛，不著痕跡地觀察了一下整個院子，然後朝老虎維修工微微點頭，便轉身離開了。

啾颯一臉疑惑地跟在邁克狐身邊，難道邁克狐從剛剛的對話中找到了什麼線索嗎？為什麼自己好像看到他嘴角有笑容呢？就在疑惑的時候，啾颯抬頭發現自己跟著邁克狐，來到了鱷魚園丁的花園，鱷魚園丁現在似乎不在花園裡。

跟老虎維修工的木屋比起來，這座花園可賞心悅目多了。各式各樣的鮮花和綠草錯落有致地生長：紅色的玫瑰、白色的百合、紫色的牽牛花、挺拔的盆栽……在花園的角落，還有一汪小小的池塘，池塘的一角有一座矮矮的假山，清澈的水面上躺著朵朵睡蓮。

啾颯沉醉在這樣美麗的環境裡，舒舒服服地伸了一個大大的懶腰。

「啾？」啾颯伸完懶腰回頭，發現邁克狐站在一個泥坑前，皺著眉頭看向池塘。啾颯跑過去，啾啾啾啾地說：「這是剛剛讓我摔倒的泥坑啾！」

啾颯也不知道邁克狐能不能聽懂，可是他看到邁克狐的眉頭皺得更緊了。啾颯也順著他的目光看向平靜的池塘，但什麼也看不出來。

過了一會兒，邁克狐伸手往口袋裡掏，啾颯心想：「難道神探邁克狐要掏出什麼探案神器了嗎？」

在啾颯好奇的注視下，邁克狐從口袋裡掏出了……一根棒棒糖！

只見邁克狐熟練地剝開包裝，然後把粉紅色的棒棒糖含進嘴裡。不一會兒，啾颯發現邁克狐自信地揚起嘴角，似乎是想到了好主意。

邁克狐蹲下身子，與啾颯平視，說：「我想請你幫個忙。」

啾颯的眼睛一下子就亮了。

「你們啾啾族是水鳥的一種，應該會游泳吧？」邁克狐問。

「那是當然啾！」啾颯得意地回答，想到邁克狐可能聽不懂啾啾語，還瘋狂點頭。

邁克狐笑了，說：「請你游到水裡的假山後面看看。」

啾颯拍拍胸脯，然後像炮彈一樣跳進水裡，小腳蹼一擺、身子一扭就衝到了假山後面。啾颯看到假山後面有一層一層的水草，他用翅膀撥開水草。哎呀，有一個奇怪的、被石頭堵起來的黑洞呢！

啾颯回到原地，把在水中看到的景象用畫畫的方式，一五一十地告訴了邁克狐。只見邁克狐得意一笑，帶著啾颯離開了花園。

他帶著啾颯找到斑羚大臣，朝斑羚大臣小聲地說了些什麼，最後還叮嚀道：「這件事只有我們知道，千萬不要洩漏出去。」

斑羚大臣點點頭，說：「我辦事，你放心！」

接著，啾颯就看到斑羚大臣像一陣風似地飛奔出去，一會兒就沒了蹤影。啾颯仰頭疑惑地看向邁克狐，而邁克狐只是露出神祕的微笑。

「等著看好戲吧！啾颯，等下還有你出場的機會呢。」

天色漸暗，王宮卻沸騰了起來。因為廚房裡傳出了一陣非常、非常、非常香的香氣，這香氣飄到天上，連鳥都會忘記振翅，撲通一聲掉進池塘裡！

整個王宮都知道廚房裡有一隻超級美味的雞腿，明天一早，雞腿就要被送到國王的餐桌上。廚房被封鎖著，門口還站著整個王國最厲害的山羊衛兵，沒有人能夠靠近雞腿。

斑羚大臣、啾颯和邁克狐在一旁不遠處的小露臺上監視著廚房。

「這樣……真的可以嗎？」斑羚大臣憂心忡忡地問。

邁克狐喝了一口茶，微笑著點點頭說：「放心。你找到了我，就已經邁出了找到真相的第一步。現在，只需耐心等待就好。」

時間一分一秒過去，夕陽西下，月上中天。斑羚大臣、啾颯與邁克狐躲在離廚房不遠的樹叢中，緊緊盯著廚房。果然，一陣乒乒乓乓聲從廚房裡傳出來，在他們動身衝向廚房的同時，山羊衛兵早已用鑰匙打開大門，點亮了廚房的燈。

廚房正中央的華麗餐桌上，擺著巨大的、美味的、散發香氣的雞腿。奇怪的是，雞腿上面竟然有一個深深的牙印，仔細一看，還有一點血絲呢！

可是，廚房裡除了剛剛衝進來的人，沒有其他人——竊賊又消失了！

這下，斑羚大臣可著急了。「邁克狐，你不是說一定能抓到

竊賊嗎？為什麼竊賊又消失了？」

他急得在屋子裡打轉，最後居然將目光放在了山羊衛兵身上！

斑羚大臣一把衝過去抓住山羊衛兵的領子質問道：「難道是你？每晚都是你監守自盜！你想進去吃雞腿，結果碰到了雞腿上的鈴鐺機關，這才知道是陷阱，就裝作發現竊賊衝進來的樣子！對吧？」

原來，在邁克狐的指示下，斑羚大臣找人將巨大的木頭雕刻成雞腿的樣子，再刷上美味的醬料，讓大家都以為這是一隻巨大美味的雞腿。然後，邁克狐他們在雞腿上綁了細細的透明釣魚線，掛著小鈴鐺，釣魚線的另一頭連著一堆放在櫃子邊緣的鍋碗

科學小站

生物分類法

山羊衛兵提到自己和斑羚大臣同屬一類。人類根據生物界自然演化的過程和彼此之間的親緣關係將各種生物進行分類，這種分類方法叫「生物分類法」。

分類等級的順序是：界、門、綱、目、科、屬、種。

山羊衛兵是牛科山羊屬，斑羚大臣則是牛科斑羚屬。所以，山羊衛兵和斑羚大臣的親緣關係為同科不同屬。

瓢盆。如果竊賊觸碰了雞腿，就一定會碰到釣魚線，讓連接的鍋碗瓢盆從櫃子邊緣摔下來。這時，大家只要衝進廚房就能抓到竊賊了。

可是幾乎就在一瞬間，竊賊就從房間裡消失了，氣急攻心的斑羚大臣這才開始懷疑第一個進到廚房的山羊衛兵。

山羊衛兵瞪大了眼睛，露出難以置信的表情，說：「不……不是我，你誤會了……我……我怎麼會吃雞腿呢？」

斑羚大臣急昏了腦袋，喊道：「你怎麼不會吃雞腿呢？」

山羊衛兵有些委屈，他抓過廚房裡的菜葉放在嘴裡嚼，一邊嚼一邊說：「你看！我和你同屬一類，我們吃草不吃肉！」

斑羚大臣一下子呆愣在原地，說：「哦……好……好像是這樣……」

啾颯在一旁目睹了一切，忍不住笑出聲來，又不好意思地摀住了嘴巴。

這時候，邁克狐去哪裡了呢？啾颯一轉頭，發現邁克狐竟然站在那個又高又大的水缸邊若有所思。難道這個普通的水缸背後還有什麼祕密嗎？

這時，水缸旁邊的邁克狐出聲了，「我想，我知道是怎麼回事了。」大家一起轉過頭來。

「請將現在在廚房及花園周邊的人都帶來吧，竊賊就在他們之中。」

不一會兒，鱷魚園丁和老虎維修工就被衛兵們帶了過來。與此同時，邁克狐彎腰在啾颯耳邊說了些什麼。啾颯點點頭，悄悄離開了。

老虎維修工見了斑羚大臣，馬上張開大嘴，大呼小叫地說：「怎麼回事？我睡得正香呢，為什麼要把我抓過來？我可沒犯法，要是明天起晚了，不能砍到足夠的柴火送到廚房，影響國王吃飯，你們能負責嗎？」

老虎大嘴裡的口水，像雨點一樣打在斑羚大臣的臉上，他趕緊掏出手帕擦臉。而鱷魚園丁呢，他的頭上掛著睡帽，半瞇著眼睛。看來也是剛從睡夢中被拉起來，還沒完全清醒呢。

邁克狐用推車推著那個大雞腿走了過來，說：「兩位，想必你們已經聽說王宮裡出現了一名神祕的竊賊。現在，我能肯定竊賊就在你們兩人之中。」

老虎維修工尾巴上的毛一下子豎了起來，大吼道：「什麼，你竟然懷疑我？我可是國王的維修工，要是沒有我，王宮怎麼正常運作，國王怎麼生活，你能負得起責任嗎？」

鱷魚園丁也像是從夢中驚醒，叫道：「什麼？什麼竊賊？」

邁克狐指著雞腿問：「你們看這是什麼？」

老虎維修工湊上去，毫不在意地說：「這就是個有牙印的雞腿啊！不對，這不是雞腿！」

邁克狐指著雞腿上的牙印說：「這是我用世界上最硬的木頭——鐵樺木——做成的雞腿模型。剛剛被那個竊賊狠狠地咬了一口，還留下了血跡。所以我肯定竊賊的牙齒被碰掉了。」

邁克狐將眼鏡取下，用風衣的一角輕輕擦拭著，說：「現在，請兩位把嘴巴張開，讓我們看看牙齒吧。」

聽了這話，鱷魚園丁和老虎維修工都有些遲疑，不過鱷魚園丁還是率先張開嘴巴，露出一顆顆又白又亮的牙齒，只是仔細一看，有一顆牙齒不見了。

「老虎維修工，還等什麼呢？請趕緊張開嘴巴！」斑羚大臣見老虎動也不動便催促著。

「哼，張就張，你可別被我老虎的牙齒嚇到！」老虎維修工不情不願地張開嘴巴，一股臭氣從嘴裡冒了出來。斑羚大臣捂著鼻子湊上去一看，天哪，老虎一口黃牙裡，竟然有一顆虎牙掉了一塊！

斑羚大臣立馬大叫：「老虎維修工，你的牙齒少了一塊，你就是竊賊！」

山羊衛兵聽了迅速走上來，要把老虎維修工逮捕歸案。可是老虎維修工卻掙扎著大叫：「不是，不是我！我的牙齒早就掉了！鱷魚園丁不是也少了一顆牙嗎？」

鱷魚園丁著急地說：「我……我這顆牙幾年前就成蛀牙了，自己掉了！要是咬硬東西被碰掉一整顆牙，牙床可能沒有傷口嗎？可是你們看，我牙床一點傷口都沒有！」

斑羚大臣惡狠狠地說：「你們都別狡辯了，哪裡有這麼巧的事！再說了，沒有犯人會老實承認自己是犯人。我看竊賊就是你們兩個！」

廚房內一片喧譁，邁克狐卻一動不動地站在那裡，彷彿在等待著什麼。

到底誰才是竊賊呢？難道一切光憑牙印就能斷定嗎？如果他們是竊賊，那是怎麼從廚房裡離開的呢？

窗戶、鐵鎖、雞腿上的牙印、掉落的牙齒、水缸邊的水漬、池塘、泥坑……所有事物就像線團似地纏繞在一起，指引著真相。而關鍵線索又在哪裡呢？

這時，一陣水聲從牆角的大水缸裡傳了出來，大家受到驚嚇似的同時望過去。

邁克狐露出微笑——關鍵線索出現了。只見一個灰色的翅膀搭在水缸邊緣，隨後，一顆濕漉漉的腦袋冒了出來。

啾颯偵探筆記

事件：有竊賊在王宮偷取食物

地點：完全封閉的廚房

已知線索：

1. 廚房的窗臺上有__________，沒有__________，所以竊賊不是透過窗戶進入廚房的。

2. 廚房角落有一個巨大的__________。

3. 老虎維修工住的地方__________。

4. 老虎維修工的牙齒__________。

5. 泥坑在__________與__________的連線上。

6. 池塘裡有一個被堵住的__________。

看著這些線索，啾颯的腦袋亂成一團。

小偵探你有什麼想法？你認為竊賊是誰呢？在這裡寫下你的猜測吧：

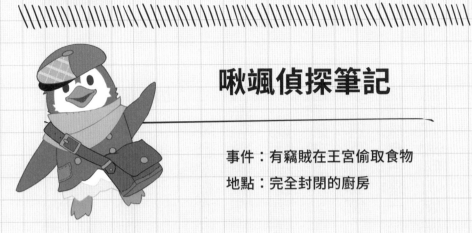

「啾啾，啾啾！」是啾颯，他的翅膀抓著水缸邊緣，小腳撲胡亂地踢著，山羊衛兵趕緊把他抱了下來。啾颯朝山羊衛兵啾啾地道謝，然後邁開小腿跑到邁克狐面前，將一樣物品交到他手上。

誰也沒看清啾颯交給邁克狐的是什麼，只看到邁克狐又露出了非常有自信的笑容，說：「好了，我已經知道犯人是誰了！」

此話一出，在場的所有人都嚇了一跳，斑羚大臣更是嚇得跳了起來！

邁克狐發現了什麼呢？剛從水裡出來的啾颯摸不著頭腦，開始回想自己這一路見到的東西。邁克狐充滿智慧的眼神在兩個嫌疑犯間來回，最後停留在鎮定的老虎維修工身上。

「任何罪惡都逃不過我的眼睛，竊賊就是你，老虎維修工！」邁克狐說。

老虎維修工一下子跳了起來，尾巴也不安地擺動。「你胡說什麼，我怎麼可能是竊賊呢！」

斑羚大臣有些激動地說：「竊賊的牙齒掉了一塊，你的牙齒也缺了一塊。什麼早就掉了，世界上有這麼巧的事情嗎？」

不一會兒，衛兵們已經拿起武器，將老虎維修工團團圍住。

老虎不甘心地大聲吼道：「不是我！真的不是我！邁克狐，你不是神探嗎？你不是這個國家最聰明的人嗎？我看你也不過如此！」

看著大吵大鬧的老虎維修工，啾颯緊皺著眉頭思考，他總覺得事情並沒有那麼簡單。邁克狐慢條斯理地剝開包裝紙，將一根棒棒糖塞進嘴裡，並未理會老虎維修工的爭辯，反倒是將目光都放在一旁的啾颯身上。

啾颯一會兒看看雞腿上的牙印，一會兒看看自己剛剛鑽出來的那個水缸，一會兒又想起鱷魚園丁花園裡那個大大的泥坑，一會兒又想起老虎維修工院子裡那些食物的碎屑。

「啾，如果老虎維修工就是竊賊的話，他要怎麼進入密室一樣的廚房，又怎麼忽然消失呢啾……」啾颯的翅膀捂著頭，連腦袋上的毛都快被揪下來了。「這個案子還有說不通的地方啾！」

可是，大家似乎都已經斷定老虎維修工是竊賊，要把他拖走了！啾颯深吸一口氣，猛地抬頭，衝到被抓住的老虎維修工的面前大叫起來，「啾啾啾，啾啾！」

大家都摸不著頭腦，問：「啾颯，你做什麼呀！你啾啾啾的，沒人聽得懂啊！」

啾颯急得眼淚都要出來了，為什麼自己還沒學會通用語，大家又為什麼都不會啾啾語呢！他只能望著神探邁克狐，瘋狂地搖頭。

沒人注意到，邁克狐含著棒棒糖的嘴露出了微笑。只見邁克狐把糖嚼碎吞下，然後問啾颯，「你肚子痛嗎？」啾颯搖頭。

邁克狐又問：「那，你認為老虎維修工不是犯人？」啾颯點頭。

斑羚大臣沒好氣地說：「啾颯，你懂什麼呀，這可是神探邁克狐的推理。況且人證物證俱全，老虎維修工就是犯人！」啾颯心想：「可是這件事就是有疑點呀！」啾颯啾啾啾地擋在老虎維修工面前。

眼看場面膠著，邁克狐緩步走向啾颯，然後伸出爪子，揉了揉啾颯毛茸茸的小腦袋，笑著說：「啾颯，你真厲害，果然沒讓我失望！老虎維修工的確不是竊賊，真正的竊賊另有其人。」

其他人一下子都愣住了，全都疑惑地盯著邁克狐，不知道大神探在賣什麼關子。

邁克狐忽然伸出爪子，直直地指向一旁的鱷魚園丁，說：「任何罪惡都逃不過我的眼睛，竊賊就是你，鱷魚園丁！」

鱷魚園丁的尾巴一下子豎了起來，不安地擺動著。他的眼睛微微睜大，說：「你胡說什麼，我怎麼可能是竊賊呢？」

斑羚大臣也摸不著頭腦，問：「邁克狐，鱷魚園丁的牙齒雖然也缺了一顆，但是牙床完好，不像是剛掉的呀。」

鱷魚園丁接著說：「對啊，對啊，我敢打賭，整個格蘭島都沒有我這麼白、這麼整齊的牙齒。我的牙齒這麼強健，怎麼可能輕易被一塊木頭碰掉！這顆牙齒是幾年前蛀牙自己掉的！」

所有人都疑惑地望向神探邁克狐，希望他能給大家一個答案。

只有啾颯神氣地仰著小腦袋，彷彿知道了一切。山羊衛兵悄悄蹲下身子，問：「啾颯，你知道到底是怎麼回事嗎？」

「啾，啾啾。」山羊衛兵一下子洩了氣，啾颯說的話，他一句也聽不懂呀！

就在大家疑惑的時候，邁克狐微微一笑，說：「首先，我想問鱷魚園丁一個問題。我聽說，在很久很久以前，鱷魚與恐龍有親戚關係，是嗎？」

這個問題一提出，全場譁然。

「哇！恐龍，是傳說中遠古時期那些稱霸整個世界的恐龍嗎？」

「鱷魚竟然和恐龍有親戚關係？」

鱷魚園丁聽了，有些驕傲地抬起腦袋，說：「那當然，在兩億年前，我的祖先可是和恐龍平起平坐、共同在陸上生存的強者呢！說出來你們不要怕，我們鱷魚和恐龍是同一個祖先！」

邁克狐點點頭接著說：「書上說，恐龍的牙齒很尖，不知道鱷魚的是不是呢？」

鱷魚園丁咧開大嘴，露出一口白森森的尖牙。「那是當然！」

「書上還說，恐龍的牙齒很多，不知道鱷魚的是不是呢？」

鱷魚園丁張著大嘴湊近了邁克狐，噴出一股薄荷牙膏的味道。「那是當然！」

邁克狐露出了自信的笑容，眼鏡鏡片閃過一道智慧的光芒，繼續說：「書上說，恐龍的牙齒掉落之後會很快長出來，不知道鱷魚的是不是呢？」

鱷魚園丁得意揚揚地點頭道：「那是當然，我們鱷魚的牙齒長得比恐龍的還快——糟糕！你想詐我！」

科學小站

鱷魚

鱷魚與恐龍同時代，約兩億多年前就存在了，牠是最古老的爬蟲類之一，也是地球上的「活化石」。

鱷魚一生都在換牙，當鱷魚的一顆牙齒脫落後，新牙就自動發育成熟，替換舊牙。

鱷魚園丁的話剛說出口，場面一下子變得熱鬧起來。

老虎維修工大叫道：「原來鱷魚的牙齒掉了很快就會長出來，那你嘴裡幾年前就掉了的牙齒怎麼沒長出來！看來就是剛剛掉的，你說謊！」

鱷魚園丁渾身的鱗片都立了起來，他沒有回答老虎的問題，只是盯著面前神情輕鬆的邁克狐，爭辯道：「都是沒有證據的推論。你這麼聰明，那你說，竊賊是怎麼忽然出現在被封得天衣無縫的廚房裡，又忽然消失的？難道你想說我們鱷魚會穿牆嗎？」

四周都安靜了下來，大家也都想知道，竊賊到底是怎麼做到來無影去無蹤的。邁克狐還是一副微笑的表情，並不說話。

急性子的斑羚大臣更急了，忍不住催促道：「哎呀！大神探，你還在磨蹭什麼，快說呀，竊賊到底是怎麼溜進廚房的？」

邁克狐走向啾颯，說：「這一切都多虧了啾颯。啾颯，請你告訴大家你剛剛做了些什麼吧！」

所有人都瞪大了眼睛望向啾颯，啾颯見狀挺起胸膛，驕傲地為大家描述剛剛的情景，「啾啾，啾啾！啾啾啾——」

廚房裡陷入了一片寂靜。急性子的斑羚大臣打斷了啾颯，說：「啾颯，我們都聽不懂啾啾語啊！」

「啾……」

這時，邁克狐摸摸啾颯的腦袋，說：「啾颯，那現在我來說出我的猜測，如果我說得不對，你就打斷我，怎麼樣？」啾颯點點頭。

邁克狐抬頭，銳利的眼神像箭一樣盯著鱷魚園丁。

「首先，我們知道這個廚房被鎖鏈包圍了起來，唯一的入口就是由山羊衛兵把守的大門。也就是說，房間已經變成了一個密室，竊賊到底是怎麼做到來無影去無蹤的呢？」

邁克狐接著說：「格蘭島是一個幾乎沒有魔法能量的島嶼，沒有人能在這裡使用魔法。也就是說，竊賊不是透過瞬間移動的方法進出的。排除掉一切可能，那這個廚房，可能根本就不是密室！」

在場的人，你看看我，我看看你，一片譁然。

「後來，我和啾颯一起到廚房周圍勘查情況，我們在老虎維修工的木屋周圍沒有發現線索，但是鱷魚園丁的花園卻讓我產生了疑惑。」

邁克狐拿出繪製好的圖像，展示給大家看。

「鱷魚園丁的花園離池塘有一段路的地方，有一個不大不小的泥坑。現在是旱季，王宮所在的地區已經一個月沒有下過雨了，為什麼離池塘這麼遠的地方會有一個泥坑呢？」

這番話引起了大家的思考，啾颯想起自己還在這個泥坑裡摔了一跤，弄得滿身是泥呢。

邁克狐繼續說：「於是我就想到，也許這個泥坑下面有水，更進一步，也許這個泥坑下面有一條地下水道，一頭連著廚房的大水缸，一頭連著池塘。大家看，泥坑正好在池塘和廚房的連線上。」

鱷魚園丁已經有點站不住，他尾巴擺動的幅度更大了，但嘴裡還是逞強，囁嚅著，「你……你都是猜測……誰也沒到水下看過……」

邁克狐乘勢追擊道：「對，這一切都是我的猜測。但是鱷魚園丁，你以為整個王宮裡只有你一個人會潛水嗎？」

啾颯適時地舉了舉翅膀。

「啾啾是一種水鳥，於是我拜託啾颯到池塘裡面探查，果不其然，發現了一個被石頭封住的山洞。」

鱷魚園丁張開大嘴說：「我的院子裡有地下水道，我……我怎麼不知道！」

這時，邁克狐的爪子扶上自己的帽檐，帥氣地說：「一個地下水道當然不能證明什麼，還需要更加確切的證據。於是我找到斑羚大臣，布下了陷阱。這個陷阱的誘餌，當然就是用世界上最堅硬的木頭做的假雞腿了！我想得沒錯，這個熱愛美食的犯人果然跑來偷吃雞腿，沒想到自己竟然中了計。他匆匆忙忙跳進大水缸逃跑，留下了水漬。」

邁克狐笑著對鱷魚園丁說：「當你和老虎維修工被叫到廚房來的時候，我就讓啾颯趕緊回到池塘。果不其然，你來不及把山洞用石頭封起來。」

斑羚大臣像是想通了什麼似的，跳起來說：「所以……所以啾颯離開後又從水缸裡躥出來，是因為他從池塘沿著地下水道游了過來！」

啾颯點點頭表示肯定，「啾！」

這下大家都明白了，老虎可不能在水裡憋氣游泳這麼久啊，鱷魚才能順暢地在池塘和地下水道裡游來游去，再從大水缸神不知鬼不覺地進入廚房。

大家都看向鱷魚園丁，老虎維修工更是發出了「吼——吼——」的低沉咆哮聲。

鱷魚園丁還是不死心，理直氣壯地說：「這是你的推測！辦案要講究證據，你有什麼證據能證明我是犯人！我不知道什麼地下水道！我也沒去過！」

神探邁克狐的眼睛閃過一道光，問：「你沒去過地下水道？」

鱷魚園丁抬著頭，閉著眼說：「沒去過，沒去過！」

「那這是什麼呢？」邁克狐攤開自己的手心，上面躺著一顆白白的尖牙，分明就是鱷魚的牙齒。

大家忽然想起了啾颯剛從水缸裡出來的時候，交到邁克狐手裡的東西，那個東西難道就是這顆牙齒？這就是剛剛啾颯在地下水道裡找到的東西。

「鱷魚園丁，如果你沒去過地下水道，那這條通道裡為什麼會有你的牙齒？如果你不是犯人，那你為什麼要撒謊呢？」邁克狐指向鱷魚園丁。「別再掙扎了，竊賊就是你，鱷魚園丁！」

撲通一聲，鱷魚園丁知道自己沒有逃脫的希望了，竟然腿一軟癱坐在地上。山羊衛兵走上前，半拖半拉地把他拖了出去，準備關進監獄。

被拖走的時候，鱷魚園丁哭喊著，「嗚嗚嗚……我只是想吃點好吃的而已……監獄裡有好吃的嗎？我其實吃不了太硬的東西，嗚嗚嗚……」

竊賊鱷魚園丁被繩之以法，懸在王宮眾人心頭的一塊大石頭終於落地了。

第二天，金碧輝煌的王宮宴會廳裡要舉行一場盛大的宴會。

神探邁克狐換上了嶄新的禮服，在優美的音樂聲中走進宴會廳。大家見了，紛紛鼓起掌，歡呼道：「神探邁克狐！」

在紅地毯的盡頭，站著一頭威風凜凜的獅子。他頭戴閃閃發亮的王冠，身披華美的披風，他就是格蘭島的國王、格蘭島的精神象徵——獅子國王。

邁克狐走到國王面前，優雅地鞠躬。獅子國王從身旁紅絲絨的托盤裡拿出一枚金光閃閃的徽章，親手別到邁克狐的胸前。

音樂也適時停止了。

緊接著，國王雄渾的聲音響徹宴會廳，「我宣布，從今天起，來自北部森林的邁克狐就是整個格蘭島的大神探。希望神探邁克狐的智慧能讓真相的光輝照向格蘭島的每個角落，驅散所有黑暗，讓罪惡無所遁形！」

邁克狐驕傲地回答：「任何罪惡都逃不過我的眼睛！」

音樂重新響起，慶功宴正式開始了！大家唱啊，跳啊，吃啊，喝啊，都為格蘭島出現一個這麼厲害的大神探開心。可是宴會的主角卻悄悄帶著兩碟點心，離開了熱鬧的宴會中心。

夜幕中鑲嵌著點點星辰，王宮的露臺遠離宴會的喧囂，安安靜靜的。邁克狐走到露臺的時候，發現啾颯正在看星星呢。

「啾颯，」邁克狐一邊說，一邊走上去，遞給啾颯一盤點心，「謝謝你，這次你可幫了我大忙。」

「啾，啾啾！（真的嗎！）」啾颯啾啾地叫著，非常受寵若驚。

也不知道聽沒聽懂，邁克狐繼續說：「要不是你細心找到那顆牙齒，要讓鱷魚園丁認罪恐怕還需要更多努力。」

啾颯還是第一次被人這麼誇獎呢，他紅著臉低下頭，小聲叫了幾下，「啾啾啾……」

噹，噹，噹——鐘聲響起，只見邁克狐狡黠一笑，說：「時間不早了，我得回去了。啾颯，加油啊！我很期待再見到你！」

說完，邁克狐帥氣地翻過露臺的欄杆，從二樓跳了下去！邁克狐的風衣在夜空中飄蕩，只見他穩穩地落地，飛快跑向王宮外面，一輛馬車早早地等在那裡。邁克狐跳上馬車，消失在夜幕中。

這時，宴會廳裡尋找邁克狐的人們才來到露臺，看著遠去的馬車跺腳，惋惜道：「哎呀！神探走了，我還想再跟大神探喝一杯呢！」「我還想再跟帥氣的邁克狐跳一支舞呢！」

然而，這些喧鬧與嘆息都沒有傳進啾颯的耳中，他站在露臺上眺望前方，眼裡閃爍著光芒，心裡埋下了一顆種子——他要成為像邁克狐那樣的大神探！啾！

04

消失的寶藏

邁克狐收到了一封來自珍寶島的委託信。

據說，珍寶島的山裡面有個山洞藏著數不清的寶藏，主人是可怕的惡霸——老虎威利，寶藏全都是他從珍寶島的島民手裡搶來的。

這封信的委託人並不是珍寶島的島民，而是老虎威利。他用非常傲慢無禮的語氣在信中寫道：

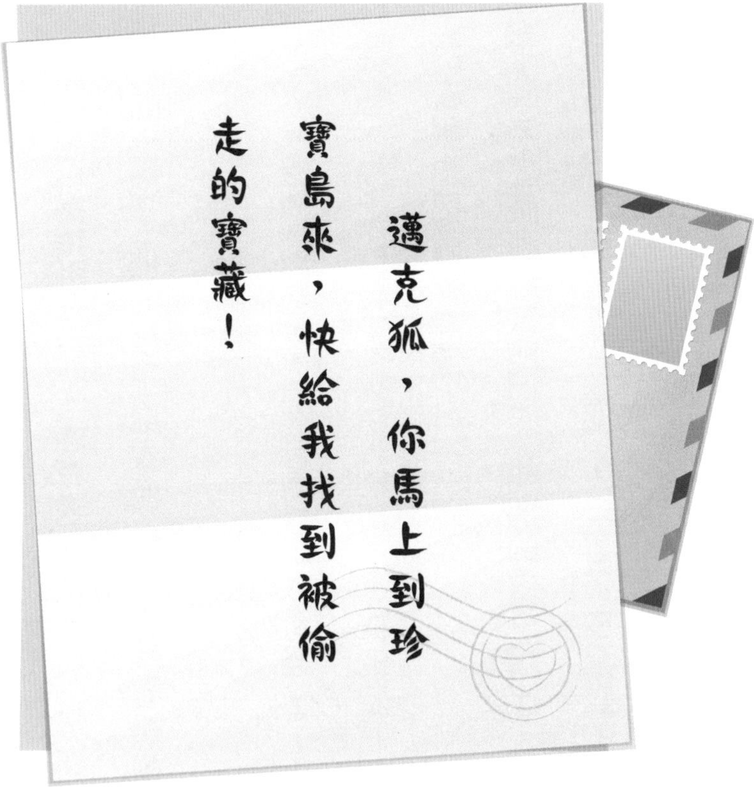
邁克狐，你馬上到珍寶島來，快給我找到被偷走的寶藏！

雖然邁克狐對老虎威利的語氣非常不滿，但是出於偵探對案件的好奇，他還是選擇接受委託。邁克狐扶了扶貝雷帽的帽檐，踏上了珍寶島的土地。他的格子風衣的一角，隨著微風輕輕擺動。

他一邊走，一邊悄悄觀察。這個島真是太奇怪了，小島的名字明明叫珍寶島，島上的房子卻都很破舊，島民的臉看起來又黃又瘦，身上的衣服也都破破爛爛。

邁克狐來到老虎威利的家門口。和別的房子相比，他的家簡直華麗得像王宮一樣。邁克狐一進門，一隻黃皮黑紋的大老虎就斜著眼睛，輕蔑地說：「你就是那隻狐狸偵探？」

「你好，正是在下。」邁克狐摘下帽子，向大老虎行了一個鞠躬禮。

大老虎用懷疑的眼光審視著邁克狐，說：「我是老虎威利。我找你來是因為我的寶箱被可惡的賊偷走了！」

大老虎露出自己的獠牙，伸出尖利的爪子威脅道：「明天晚上之前，你必須把寶箱找回來。要是找不到，哼哼！那就別怪我了……」

邁克狐推了推金絲框眼鏡，平靜地說：「我會盡力。你找到了我，就已經邁出了找到真相的第一步。」

邁克狐先去了老虎威利的寶藏洞。寶藏洞平時被又硬又大的石塊堵得毫無縫隙，島上的動物根本進不去。山洞裡非常潮濕，邁克狐俯身捏起地上的紅泥，用手搓一搓，感覺也是潮濕的。

忽然，山洞牆壁旁邊的乾草堆引起了邁克狐的注意。他快步走上前去，把乾草堆移開。邁克狐的眼睛頓時亮了起來——在乾草堆的下面，有個圓圓的地洞！

邁克狐推了一下眼鏡，彎下腰，仔細觀察。從地洞內壁的痕跡可以看出，這個洞是用爪子挖出來的。邁克狐的嘴角泛起了一絲微笑。隨後，他就叫來了他預想中的嫌疑人。

首先進入房間的是穿山甲大哥，第二個到來的是狐獴叔叔，最後進來的是土撥鼠家的三個小朋友。見到三個小朋友，穿山甲大哥和狐獴叔叔都驚訝地睜大眼睛，異口同聲地問：「你們怎麼來了？」

邁克狐提醒他們站成一排，然後開始問話。「在這座小島

科學小站

穿山甲

穿山甲是除腹部外，全身大致都長著鱗片、有著粗短四肢的哺乳動物。就像牠們的名字那樣，穿山甲是一種擅長挖洞的動物。憑藉著強壯的爪子，能在泥土中挖出二至四公尺深的洞，除了把挖出來的洞當作巢穴以外，還會將自己長長的舌頭伸進洞裡，捕食白蟻、蜜蜂或者其他昆蟲。

上，能挖出這種地洞的只有你們幾位了。各位有什麼想要解釋的嗎？」邁克狐的眼神犀利了起來，等著嫌疑人為自己辯護，然而，他們只是你看看我，我看看你，誰也沒說話。

過了一會兒，穿山甲大哥站了出來，說：「唉！大偵探，你就別費力氣了，那個惡霸的寶箱是我偷的！」

邁克狐皺了皺眉，正準備說話，狐獴叔叔跳到穿山甲大哥前面，大聲說：「你可別信他的話！寶箱是我偷的！要說挖地洞，誰能比得上我們狐獴？」

穿山甲大哥和狐獴叔叔就這樣吵了起來。

「我才是挖洞最厲害的，是我偷了寶箱！」穿山甲大哥和狐獴叔叔誰都不服誰，捲起袖子，決定比一場，看看誰才是最會挖洞的動物。只見穿山甲大哥全身鱗片張開，用前爪挖著土，爪子像小鏟子一樣把土鏟到一邊，一下子就鑽進了地底；狐獴叔叔也不甘示弱，他的爪子沒穿山甲大哥的大，卻非常鋒利，三兩下就挖出一個土坑，轉眼間也消失在地底下了。

邁克狐看著眼前的三隻小土撥鼠，溫和地問：「你們呢？有什麼話想說嗎？」

小土撥鼠的爪子耷拉在胸前，緊張得瑟瑟發抖。過了一會兒，一隻小土撥鼠鼓足勇氣向前一步說道：「寶箱是……是我們偷的！我們三個一塊偷的！」

恰好在這時，穿山甲大哥和狐獴叔叔一起從地洞裡鑽了出來，喊道：「不是他們！他們還只是孩子！」

突然，地面震動了幾下，他們所在的那片空地塌了下去！原來，穿山甲大哥和狐獴叔叔在地底下打了太大的洞，把地下的土幾乎給挖空了！

邁克狐連忙跳到一邊，扶正自己的貝雷帽，嚴肅地說：「請兩位不要再胡鬧了。」穿山甲大哥和狐獴叔叔這才安靜下來。

邁克狐說：「寶箱到底是誰偷的，我有自己的方法來判斷。現在，請大家把手都伸出來。」

邁克狐湊上去，捉住他們的手，又從風衣的口袋裡掏出了一面放大鏡，仔仔細細地觀察起來。穿山甲大哥和狐獴叔叔的爪子上面，只有挖洞比賽後留下來的黃色泥土。

邁克狐又牽起一隻小土撥鼠的手。透過放大鏡，小土撥鼠爪

子上的所有細節都被看得清清楚楚。儘管他們已經努力洗乾淨了自己的爪子，但邁克狐還是有了重大發現，那就是在每一隻小土撥鼠指甲的縫隙裡，都殘留著很少、很少的紅色泥土。這是只有寶藏洞裡才有的紅泥土。

邁克狐收起了放大鏡，微笑著說：「各位，真相已經水落石出了。」

他摸摸土撥鼠的小腦袋問：「你們能不能告訴我，為什麼要偷走寶箱？還有穿山甲和狐獴兩位先生，你們又為什麼主動為他們頂罪？」

小土撥鼠們哇地大哭起來。穿山甲大哥一邊幫他們擦眼淚，一邊長長地嘆了一口氣，然後說：「這件事情，實在不能怪孩子們啊！」

原來，不久前，老虎威利跑到土撥鼠的家裡，搶走了他們所有值錢的東西。土撥鼠爸爸既憤怒又絕望，就去找老虎威利決鬥。結果猜也能猜到，小小的土撥鼠怎麼能打得過兇惡的老虎？土撥鼠爸爸被老虎威利打倒在地，渾身是傷，只能躺在床上。

小土撥鼠們沒錢吃飯，也沒錢讓爸爸看醫生。雖然有穿山甲大哥和狐獴叔叔的幫助，但土撥鼠一家的生活依然很艱辛。

「老虎威利哪裡有什麼寶藏！他的寶箱裡，明明全都是珍寶島的島民辛辛苦苦工作賺來的錢！」狐獴叔叔揮著拳頭，憤憤不平地說：「可惡，都怪我們打不過他……」

小土撥鼠們抽噎著說：「寶箱是……是我們偷的……我們知

道偷東西不對，你把我們抓走吧……」

「寶箱裡的寶藏呢？」邁克狐問。

「我們留下了一點，剩下的……已經分給被老虎威利搶劫過的島民們了……」

邁克狐低下頭，沉思了許久。他打定了主意，對小土撥鼠們說：「請代我向你們的爸爸問好，祝他早日康復。剩下的事情就交給我吧。」說完，他狡黠地笑了笑，補充道：「不過，那個寶箱還是得借我一下喲。」

很快，就到了第二天的傍晚。邁克狐來到海邊，把寶箱搬到了獨木舟裡，讓獨木舟隨著海水自由漂蕩。然後，邁克狐坐在沙灘上，靜靜等待著。

太陽下山前，老虎威利來了。

「我的寶箱呢？」老虎威利不耐煩地問。

「你可算是來了！」邁克狐指指海面上，「你看，再晚來一步，你的寶箱就要消失了！」

老虎威利順著邁克狐指的方向一看，嚇壞了，他急得跳腳，喊道：「嗷！寶箱！我的寶箱！怎麼辦！狐狸！你快點想辦法！」

邁克狐說：「我不會游泳。但你如果會的話，現在下水去追，應該還來得及！」

老虎威利聽了只遲疑了一秒，就點了點頭，說：「好，好！」

說完，他縱身一躍，撲進了海裡。

海水退潮了。一波一波的海浪向後退去，獨木舟越漂越遠……老虎威利拚命地游啊，游啊，終於抓住了獨木舟。他手腳並用地爬上去，一把掀開寶箱的蓋子。咦，他的寶藏怎麼都不見了？

老虎威利恍然大悟，大吼道：「你這隻狐狸竟然敢騙我！我要吃了你！」

這時，又有一波大浪打了過來，老虎威利只能在這艘獨木舟上抱著他的空寶箱，眼睜睜看著自己離珍寶島越來越遠……

邁克狐看著獨木舟在海面上慢慢變成一個小黑點，搖了搖自己的白尾巴，輕聲說：「老虎威利，再見了。」

科學小站

狐獴

狐獴，是一種非常可愛的小型哺乳動物。牠們毛茸茸的，眼睛周圍有獨特的黑色暗斑，具有像戴墨鏡一樣的防曬作用。

狐獴的軀幹修長筆直，爪子彎曲、有力，能在地底挖出大型、多入口的網狀洞穴作為巢穴。

05

黃鸝小姐的聲音

夜幕降臨，思達爾歌劇院裡正在舉行一場盛大的音樂會。

黃鸝小姐像以往演出前一樣，拿起自己的杯子，喝了一口水，然後和她的搭檔夜鶯小姐交換了一個眼神，鼓勵對方，再深吸一口氣，踏上了舞臺。

燈光亮起，黃鸝小姐和夜鶯小姐剛一開口，就讓所有觀眾驚嘆，「天啊，世界上怎麼會有如此迷人的歌聲！」尤其是夜鶯小姐，就像是天上的仙女在唱歌。

然而奇怪的是，只唱了兩句，黃鸝小姐突然發不出聲音了。她摀住喉嚨，面色驚恐，嘴裡發出奇怪的「喀喀」聲。

接著，她重新開口唱：「哦——」可是，她的嗓音變得又粗又啞，就像鋸木頭的聲音一樣。

劇院裡頓時亂了起來，臺下的觀眾有的驚訝地討論，有的皺著眉頭摀住耳朵。黃鸝小姐渾身顫抖，用翅膀摀住臉，跌跌撞撞地跑下臺。

這一切全都被我們的神探邁克狐看在眼裡，只見他戴上貝雷帽說：「看來，今天又不能休息了。」說完，邁克狐朝後臺走去。

此刻的後臺也是亂成一團，黃鸝小姐坐在椅子上哭泣，好幾隻小動物吵吵嚷嚷地把黃鸝小姐圍在中間。

「神探邁克狐來了！神探邁克狐來了！」不知是誰喊了兩聲。

聽到邁克狐來了，房間裡馬上安靜了下來。邁克狐整理了一下風衣，有禮貌地向黃鸝小姐行了一個禮。

黃鸝小姐哭著，用嘶啞的聲音說：「上臺前我只喝了水，一定是有人在我的水裡放了毒藥，我……我的聲音……嗚嗚……請你一定要幫我找到這個人。」

邁克狐點點頭，說：「別擔心，找到了我，就已經邁出找到真相的第一步。那請問妳表演前用水杯喝水的習慣，有誰知道呢？」

黃鸝小姐抹抹眼淚，顫抖著說：「嗯……負責照顧我的小猴子助理，我的朋友山羊鋼琴師，還有我的搭檔夜鶯小姐，應該都知道。」

邁克狐推了推他的金絲框眼鏡，說：「好的，那我恐怕得去打擾一下他們了。」

他搜查了小猴子助理的物品，並沒有發現什麼線索。

「我照顧黃鸝小姐這麼久，怎麼會傷害她呢？」小猴子助理說。他嘆了一口氣又道：「不過，黃鸝小姐本來就常常悶悶不樂，因為喜歡她唱歌的人沒有喜歡夜鶯小姐的多。這下子她一定更難過了，唉！」

接著，邁克狐又找到了山羊鋼琴師，同樣也沒有發現什麼蛛絲馬跡。

最後，邁克狐來到了夜鶯小姐的化妝間。雖然夜鶯小姐並不在裡頭，但是邁克狐還是待了好長時間，出來時，手裡提了一個奇怪的黑袋子。

「這裡面是什麼東西？」小猴子助理看見了，好奇地問。

「等一下你們就知道了。」邁克狐說：「現在，麻煩你把大家都叫過來吧。」

房間裡坐了黃鸝小姐、小猴子助理、山羊鋼琴師，還有邁克狐，等了一會兒，夜鶯小姐提著裙襬小跑過來，聲音像銀鈴一樣清脆，「演出終於結束了，麻煩大家等了我這麼久，真是對不起！」

「沒關係。」邁克狐說，他從手裡的黑袋子中掏出了一枚青色的、長得像杏子一樣的果實，「夜鶯小姐，這是從妳的化妝間裡搜出來的。請問妳能解釋一下這是什麼嗎？」

大家都好奇地聚了過來，小猴子助理伸手從袋子裡又掏出一枚跟邁克狐手裡的一模一樣的果實，說：「這果子看起來還挺好吃的，讓我嘗嘗！」

「不要！」黃鸝小姐忽然喊了一聲，她的聲音因為這一聲叫喊，變得更啞了。

大家都奇怪地看著她。黃鸝小姐說：「我認識這種果子，它叫啞巴果，裡面的汁液能夠讓聲音變得又粗又啞！」所有人都嚇了一大跳。

小猴子助理連忙丟掉了手中的果實，「這也太可怕了吧！」

山羊鋼琴師皺起眉頭，質問夜鶯小姐，「妳怎麼會有這種東西？一個歌手要這個做什麼？」

夜鶯小姐一臉茫然地說：「我……我什麼都不知道啊……我從來都沒見過這種果實——」

夜鶯小姐還想說什麼，小猴子助理跳起來，指著她的鼻子說：「妳就承認吧，就是妳把黃鸝小姐弄啞了！」

「我……我沒有，你們一定是哪裡搞錯了，我為什麼要對黃鸝小姐做出這種事呢？」夜鶯小姐拚命為自己辯解，「我們……我們明明是搭檔啊！」

夜鶯小姐無助地拉著黃鸝小姐的翅膀，說：「妳一定要相信

科學小站

夜鶯

夜鶯是一種羽毛顏色並不絢麗的鳥，看起來平平無奇，可是夜鶯的鳴唱非常出眾，音域寬廣、悠遠清晰。大部分鳥類都在白天鳴唱，牠們是少數在夜間鳴唱的鳥類，因此得名「夜鶯」。

我！我們一起合唱了那麼多次，那麼有默契，我怎麼可能會傷害妳？」

可是黃鸝小姐只是靜靜地坐在那裡，用失望的眼神看著她。夜鶯小姐不知道怎麼辦才好，她的眼淚像珍珠一樣落下。「我沒有……不是我……」

「嗯。」邁克狐開口了，「大家都先別急，真相到底是什麼，我們還沒搞清楚。」

「這有什麼不清楚的？」小猴子助理嚷嚷道：「就是她害了黃鸝小姐！一定是她把啞巴果的汁液擠進了黃鸝小姐的杯子裡，才害得黃鸝小姐沒辦法唱歌！」

山羊鋼琴師憤慨地說：「我要把妳做的事告訴所有人，讓大家都知道夜鶯小姐的歌聲那麼美，人卻這麼壞！」

可是邁克狐並未理會他們，而是走向了黃鸝小姐，問：「黃鸝小姐，請問演出之前，妳去過什麼地方？」

黃鸝小姐愣了一下，回答道：「我……我就在我的化妝間，哪裡也沒去。」

「哦？」邁克狐一臉疑惑地問，「既然哪裡也沒去，那夜鶯小姐是什麼時候進來，把啞巴果的汁液擠進妳的水杯裡？」

黃鸝小姐又愣了一下，眼神飄忽不定，說：「我記錯了……我當時去過一次洗手間。她……她一定就是那個時候進來的！」

「真的是這樣嗎？」邁克狐瞇起眼睛道：「那麼請問，這，又是什麼？」

邁克狐一邊說，一邊從風衣的口袋裡掏出一根黃色羽毛。

小猴子助理驚叫起來，「黃鸝小姐！這不是妳的羽毛嗎？」

不知道為什麼，黃鸝小姐忽然低下頭，什麼話也不說了。

邁克狐的聲音嚴厲了起來，問道：「請問，夜鶯小姐的化妝間裡，為什麼會有妳的羽毛呢？」

黃鸝小姐瑟瑟發抖地說：「我……我不知道……」

「妳說妳不知道，但我倒是可以猜一猜，」邁克狐慢慢地說，「表演之前，黃鸝小姐推開夜鶯小姐化妝間的門，把自己精心準備的啞巴果藏了進去。然後回到自己的化妝間，和往常一樣，在表演前拿起杯子喝了口水。而在杯子裡，除了水，還有黃鸝小姐親手放進去、能讓喉嚨變啞的啞巴果的汁液。沒錯，讓黃鸝小姐的喉嚨變啞的，正是她自己。」

黃鸝小姐癱坐在地上，一句話也說不出來。小猴子助理和山羊鋼琴師呆呆地站在一旁，不知道該說什麼才好。

邁克狐低下頭看著黃鸝小姐問道：「妳為什麼要這麼做？」

過了很久很久，黃鸝小姐終於小聲地、顫抖著說：「我就是不服氣……我和夜鶯小姐一起唱歌，大家卻都喜歡她，不喜歡我。我為什麼就是比不過她啊……我想，要是我能讓大家覺得夜鶯小姐是個壞人，他們會不會就來喜歡我了呢？」

山羊鋼琴師還是不敢相信，說：「妳就因為這個……弄啞了自己的嗓子？」

「這個是可以治好的，」黃鸝小姐說：「這個果子……只是

太苦了，並不會真的讓我永遠變成啞巴。」

一時間，大家都沉默了下來。

「可是……」夜鶯小姐卻開口了，她真誠地看著黃鸝小姐，「我一直都覺得妳唱歌很好聽……我一直都很喜歡妳啊。」夜鶯小姐嘆了一口氣，繼續說：「我甚至還想著……要和妳做一輩子的搭檔呢。」

黃鸝小姐怔怔地看著夜鶯小姐，眼睛慢慢紅了，豆大的淚珠滾落下來。

她終於忍不住嗚咽了起來，「對不起……是我不好……我因為嫉妒……把一切都給毀了……」

夜鶯小姐走上前去，輕輕擁抱著黃鸝小姐，為她擦掉眼角的淚，說：「別哭啦……妳做的這些事真的讓我很難過。」

「我知道……」黃鸝小姐深深地低下了頭。

「所以為了懲罰妳……」夜鶯小姐鄭重地說：「妳必須治好妳的嗓子，在以後的日子裡，好好和我搭檔，唱出更多更好聽的歌才行啊。」

06

不翼而飛的蛋糕皇后

忙碌了三個月的神探邁克狐終於能享受悠閒的假期了，可是，麻煩的事情就像身後的影子，總是跟著邁克狐。現在，他又遇上一件奇怪的案子。

明媚的陽光穿過茂密的樹葉，為小路妝點上明亮的光斑。神探邁克狐穿著標誌性的格子風衣，戴著貝雷帽和金絲框眼鏡，愜意地走在通往黑熊蛋糕店的小路上。他要去迎接自己早早預訂好的蛋糕——櫻桃皇后。

邁克狐滿懷期待的想：「等了三個月，今天終於能吃到它了。」一想起黑熊老闆特製的蜂蜜櫻桃果醬厚厚地塗在蛋糕上，那晶瑩剔透的樣子，真讓人食指大動！切開之後，能看到最下面是一層酥脆的果仁，接著是一層奶油、一層櫻桃的組合，最上面用厚厚的巧克力醬鋪滿。這些美味的食物組合在一起，咬上一口，那滋味真是……沒什麼比這個更適合假期了！

很快，黑熊蛋糕店那蜂巢形狀的屋頂，閃著耀眼的光芒出現在邁克狐的眼前。邁克狐大步走進蛋糕店，有禮貌地扶著帽檐說：「黑熊老闆，午安！我來取預訂的蛋糕。」

戴著高高廚師帽的黑熊老闆，一聽見邁克狐的聲音，就從廚房把頭伸出來，熱情地說：「好久不見，我的朋友，請等我一下！」

說完，高大的黑熊老闆就像一堵厚實的牆，捧著一個三層的奶油蛋糕走了出來，他的頭朝右邊抬了兩下，露出脖子下一圈白白的毛皮，說：「你瞧，我把它放在了最高的地方。哼哼，除了我，誰也拿不到。」

邁克狐順著黑熊老闆示意的方向望去，巨大的蛋糕櫃上，各式各樣的蛋糕擺在一塊塊透明的玻璃架子上，可是中間最顯眼的位置卻空空蕩蕩。邁克狐皺皺眉頭道：「我親愛的朋友，那裡什麼都沒有啊。」

「你可真愛開玩笑！哈哈，我一直在店裡，況且能爬上去的梯子就鎖在角落裡，沒有我的鑰匙，誰都……」黑熊老闆一邊說一邊轉過身，當他的目光落到櫃子上時，卻一個踉蹌，腳下一滑，四腳朝天地摔倒在地，手裡的蛋糕飛了出去，在空中轉了好幾圈，摔爛在店門旁邊的玻璃窗上。

「不可能，不可能啊！」黑熊老闆扭著圓胖的身子，使勁用熊掌揉揉眼睛，「太可怕了，太詭異了。邁克狐，我明明把蛋糕做好，親手放上去了。難道……難道是被藏在森林裡的魔鬼偷吃了？」

邁克狐嘆了口氣，幸福的假期看樣子要告一段落了。他扶了扶貝雷帽的邊緣，金絲框眼鏡反射著白光，用堅定又可靠的聲音說：「黑熊老闆，這世上沒有什麼魔鬼。只要是犯罪，就會留下證據。任何罪惡都逃不過我的眼睛，你放心，我一定會把膽敢染指我的蛋糕的犯人抓住！」

說完，他就從口袋裡拿出了放大鏡，仔細觀察起來。整個房間都是用蜂巢的六邊形鏡面裝飾的，靠門的牆是一扇大大的玻璃，玻璃牆的對面就是擺滿了蛋糕的展示櫃，這樣，經過的人們就可以清清楚楚看見蛋糕店裡的蛋糕。

邁克狐拿著放大鏡一點一點地搜尋可能被忽略的線索，轉過一無所獲的廚房和收銀臺，他一階一階地踩上梯子。忽然，在玻璃展示臺的底部，發現了四個大小不同的空心圓點。

邁克狐嘴角露出微笑，跳下梯子，在紙上唰唰唰地寫下幾個字，對正在舔著熊掌上的奶油的黑熊老闆說：「黑熊老闆，偷蛋糕的小偷我大概已經能確定範圍了，麻煩你把這些善於攀爬的嫌疑人請到這裡來。」

很快，黑熊老闆把嫌疑人都找到了。最先到達蛋糕店的是打扮時髦的壁虎阿姨，然後是瘦瘦小小的樹蛙男孩，最後是強壯的猩猩大叔。

邁克狐向大家點頭示意，微笑著說：「把各位請到店裡，真的非常抱歉。希望各位能夠配合我們找到偷蛋糕的小偷。」

話音剛落，脾氣暴躁的猩猩大叔跳起來喊道：「啊？你竟然把我當小偷，你什麼意思？小偷絕對不是我，蛋糕放得這麼高，周圍又沒有可以爬的東西，我可上不去。」

打扮時髦的壁虎阿姨拍了拍粉色的連衣裙說：「呵呵，別開

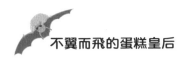

玩笑了，人家可是優雅的淑女，怎麼可能偷東西呢？再說了，吃蛋糕會變胖，人家才不吃呢。」

瘦瘦小小的樹蛙男孩低著頭，把兩隻手藏在背後，小聲地說：「不是……我沒有……」

邁克狐耐心地聽大家說完，微笑著點點頭說：「大家說得都有道理。黑熊老闆做櫻桃皇后蛋糕的時候用了一個祕密配方，只要是碰過那個蛋糕，他的手印就會變成紅色，那麼我們現在就來證明一下大家的清白吧。」

說完，邁克狐拿出幾面鏡子，讓大家按上手印。

「邁克狐，你……」邁克狐一把按住想要說話的黑熊老闆，悄悄地說：「噓，黑熊老闆，請相信我。」

強壯的猩猩大叔一臉不屑地說：「哼，什麼跟什麼呀。竟然敢冤枉我，我現在就讓你看看……嘿……好了。」他一邊說一邊按上了手印。

穿著粉色連衣裙的壁虎阿姨優雅地走過來，傲慢地說：「快點，一會兒人家還要去逛街呢。」然後輕輕按上了自己的手印。

瘦瘦小小的樹蛙男孩躲在牆角，低著頭，閉著眼睛按下了自己的手印。

邁克狐將三面鏡子展示出來，沒有一面鏡子的手印是紅色的。

黑熊老闆喪氣得直掉眼淚，嘆氣道：「哎呀，這哪裡有什麼罪犯啊，看樣子我的櫻桃皇后蛋糕是找不到了。」

邁克狐安撫著黑熊老闆，自信地說：「請你別著急，我來跟大家解釋一下。其實，剛才只是小小的計謀。真正的目的是得到大家的手印，以便比對。」猩猩大叔、壁虎阿姨、樹蛙男孩和黑熊老闆都聽愣了，不明白邁克狐到底想要幹什麼。

「大家請看！」說著，邁克狐拿起一面鏡子，上面印著一圈圈排列規則的圓形紋路的手印。

「這是黑猩猩的指紋，他雖然善於攀爬，但是要在完全光滑的玻璃或鏡面上行走，是不可能的。」

接著，他又拿起了一面指紋像樹葉般豎著排列的鏡子說道：「這是壁虎小姐的手印，雖然壁虎可以在任何牆面上行走，但是她的手印和我掌握的手印證據是不同的。」

最後，邁克狐舉起了第三面鏡子，把它和玻璃展示櫃底部的手印比對，鏡子和玻璃展示櫃上有排列完全一致的空心圓點。

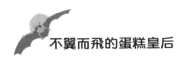

隨後，邁克狐蹲下身子，溫和地問小樹蛙，「我知道，你是一個好孩子，做了錯事，也很難過。那麼，現在你能和我們說一說事情的經過嗎？」

樹蛙男孩的眼淚吧嗒吧嗒地掉下來，抽噎地說：「因為……因為今天是我媽媽的生日。媽媽一直都想嘗嘗櫻桃皇后蛋糕的味道。可是……可是我們太窮了，買不起這麼昂貴的蛋糕。對不起……黑熊老闆，對不起……邁克狐……對不起大家……」

樹蛙男孩從門外的牆角處拉過來一個袋子，鼓起勇氣跟大家道歉，「我為了方便拿走蛋糕，把它切成了小塊。本來想讓媽媽高興的，可是媽媽卻好生氣，要我馬上把蛋糕送回來，就算是打工也要我賠償黑熊老闆。可是剛剛我太膽小了。所以……所以……對不起大家。」

黑熊老闆哈哈一笑，撅著大屁股，彎著腰對樹蛙男孩說：「好孩子，沒關係，今天是你媽的生日，這個櫻桃皇后蛋糕啊，就送給她了，我還可以再送給你一個新的蛋糕……嘿嘿，但我有條件——你得在我的店裡工作，用你的薪水來抵蛋糕錢。」

說完，黑熊老闆朝著樹蛙男孩眨眨眼睛說：「想學做蛋糕，我也可以教你。」邁克狐和其他人聽到這裡都忍不住哈哈大笑，看起來笨拙的黑熊老闆，其實是個既溫柔又精明的人呢！

這天傍晚，邁克狐和大家一起去樹蛙男孩家，為樹蛙太太過

科學小站

動物的手印

黑猩猩與人類一樣，每隻手有五根指頭，每隻腳也有五根指頭喲。

壁虎每隻腳掌有五根指頭，分叉角度大，指頭末端有尖尖的指甲。

樹蛙的前肢上有五根前趾，後肢上有四根後趾，趾末端有粗大的吸盤，讓樹蛙可以吸附物體。有些樹蛙每根趾之間蹼特別發達，張開後可以幫助樹蛙在空中滑翔。不過台灣樹蛙是不滑翔的。

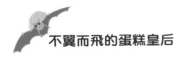

生日。就這樣，神探邁克狐破獲了櫻桃皇后蛋糕莫名失蹤的案件。就像他說的一樣：「任何罪惡都逃不過我的眼睛！」

07 半夜的貪吃鬼

大家都知道邁克狐是個穿格子風衣、戴單邊金絲框眼鏡的神探，但他小時候是什麼樣子，又是如何踏上成為偵探、尋找真相的道路的呢？這還要從邁克狐小時候說起……

小邁克狐和往常一樣來到廚房。他站在櫥櫃前，高高地踮起腳，伸長了爪子，搆到了櫥櫃上裝榛果餅乾的盒子。小邁克狐最喜歡吃狐狸媽媽做的榛果餅乾了。餅乾又香又脆，上面嵌著碎榛果，還淋了美味的巧克力醬。光是想到那個滋味，小邁克狐就忍不住嚥口水。此時，小邁克狐奇怪地「咦」了一聲。這個餅乾盒，今天怎麼突然變得這麼輕呀？

小邁克狐把盒子拿了下來，低頭一看，忍不住叫出了聲，「我的榛果餅乾呢？」

昨天明明還剩下大半盒的榛果餅乾，現在竟然一塊都沒有了！小邁克狐不敢相信自己的眼睛，他拿著餅乾盒，幾乎把頭都埋進去了，還是連餅乾的影子都看不見。小邁克狐又疑惑又失望，耷拉著嘴角，快要哭出來了。

狐狸媽媽下班回來了，看見小邁克狐抱著餅乾盒在廚房裡發呆，問：「怎麼了？」

小邁克狐很難過，沒說話。

狐狸媽媽看見了空空的餅乾盒，生氣起來，問：「不是約定好了，一天只吃四塊餅乾嗎？為什麼餅乾一下子全吃光了？」

「不是我吃的！」小邁克狐委屈地喊道：「我今天取出盒子的時候，裡面已經什麼都沒了……」

狐狸媽媽並不相信他說的話，反駁道：「可是家裡除了你，還有誰會偷偷吃掉餅乾呢？」

小邁克狐撇了撇嘴說：「我不知道……說不定……說不定是爸爸吃的呢！」

隨後，他真的跑到狐狸爸爸面前，問：「爸爸，是不是你把櫥櫃上的榛果餅乾吃光了？」

「嗯？」狐狸爸爸把手中的報紙放下來，笑了笑，「怎麼會是爸爸呢？爸爸是大人了，餅乾是小孩子才喜歡吃的東西！」

「可是……可是……」小邁克狐著急得說不出話來。

「小邁克狐，說實話吧，榛果餅乾會不會就是被你吃掉的？」狐狸媽媽說。

小邁克狐從來都沒有這麼委屈過！

「不是我，不是我，不是我！」他在心裡大喊道。

小邁克狐的眼眶蓄滿了淚水，他轉身跑回自己的房間，緊緊關上房門。「為什麼……為什麼爸爸媽媽都懷疑我？我從來都沒有偷吃過餅乾，他們為什麼不相信我啊！嗚嗚嗚嗚……」

小邁克狐哭了好久好久，從下午一直哭到晚上，狐狸爸爸和狐狸媽媽敲門安慰他，他也不理會。後來，他終於止住了眼淚，心裡燃起一把火，下定決心，「你們不相信我，好吧，那我就靠自己，把吃掉榛果餅乾的小偷找出來！」

邁克狐跳下床，推開房門。媽媽看見了他，高興地說：「快來吃晚飯吧！別再難過啦，媽媽烤了新的榛果餅乾。」可是小邁克狐搖搖頭，說：「謝謝媽媽，但我要留著這些餅乾，當作引小偷出來的誘餌！」

夜深了，狐狸爸爸和狐狸媽媽都去睡覺了，客廳裡只剩下小邁克狐，他縮在沙發上，死死盯著廚房的方向。滴答，滴答，滴答……客廳裡安靜極了，只剩下鐘錶秒針轉動的聲音。邁克狐睏得躺倒在沙發上，眼皮像被膠水黏住了一樣。小偷為什麼還不出來呀……他今天晚上會不會不出現了呢？

小邁克狐使勁揉了揉眼睛，握緊小拳頭為自己加油，「我不能睡覺，我必須把偷餅乾的傢伙抓住才行！」

就在這時，突然響起開門聲。怎麼回事？緊接著，小邁克狐聽到一陣趿拉著拖鞋的聲音！是誰穿著拖鞋過來了？小邁克狐趕緊從沙發上跳起來，躲到沙發的後面，悄悄冒出半個腦袋，一雙黑溜溜的眼睛仔細觀察著，他的尾巴和耳朵都緊張得一動不動。

那個聲音越來越近，聽起來還很熟悉。等到身影終於出現在小邁克狐的視線時，他震驚得睜大眼睛，說：「怎麼會是……你在幹什麼？」

可是那個身影並沒有理他，而是低著頭，一晃一晃地往前走。小邁克狐覺得有點奇怪，他跑到那個身影的面前一看，發現此人的眼睛竟然是閉著的！小邁克狐以前在書上看到過，有的人睡覺時會突然從床上爬起來，做一些奇怪的舉動，再重新回去躺下。這叫夢遊。

「原來是在夢遊啊……」小邁克狐恍然大悟道。

這個身影四處轉悠，小邁克狐緊緊跟在他身邊，生怕他被絆倒，還把他面前的花瓶呀、小凳子呀統統搬到一邊。最後，他們一起來到了廚房。小邁克狐眼睜睜地看著對方閉著眼，熟練地伸出手，一下就拿到了櫥櫃上的餅乾盒，掏出狐狸媽媽新烤的榛果餅乾。

「喀滋喀滋，喀滋喀滋，喀滋喀滋……」那個身影吃完一塊又拿一塊，小邁克狐看得目瞪口呆，爸爸不是說大人不喜歡吃餅乾嗎？很快，盒子裡的餅乾全都被吃光了，連盒子底的餅乾渣都沒剩。

「嗝」，對方打了個飽嗝，在夢裡露出了心滿意足的微笑。那個身影把餅乾盒放回櫥櫃上，轉過身，一晃一晃地離開了廚房。

第二天一大早，狐狸爸爸打著哈欠從床上爬起來，剛出臥室門，就被小邁克狐攔住了。

「嘿！我的寶貝邁克狐，早安呀！」

「早安，爸爸。」小邁克狐冷靜地說：「偷吃榛果餅乾的人就是你，對吧？」

「啊？」狐狸爸爸愣了一下。

「你就承認吧。」小邁克狐非常認真地盯著他說。

「怎麼會是爸爸呢……小邁克狐，你有什麼證據呀？」狐狸爸爸問。

「你低頭看看你脖子上的毛吧。」小邁克狐說。

狐狸爸爸低下頭，驚訝道：「怎麼會？」

小邁克狐嘆了一口氣，上前一步，伸出手，輕輕拍打了兩下狐狸爸爸脖頸上的白毛，褐色的餅乾屑被拍了出來，紛紛掉落在地上。

「你，解釋一下。」

「這是怎麼回事……爸爸完全不記得自己吃過餅乾啊……」狐狸爸爸有點傻了。

小邁克狐撇撇嘴說：「是你夢遊時吃掉的！一塊接一塊，一塊接一塊……吃得可香了！」

狐狸爸爸無話可說，他茫然地看看小邁克狐，又低頭看看自己脖子間殘餘的餅乾屑，哭笑不得地說：「抱歉，我的寶貝邁克狐，我真的不知道事情是這樣。」

「可是你現在知道了。」小邁克狐依然緊緊盯著狐狸爸爸的眼睛，像是期待著什麼。

狐狸爸爸嘆了一口氣，俯下身，認真地說：「雖然我自己不知道，但我還是得說，對不起寶貝，是我偷吃了榛果餅乾，還冤枉了我的寶貝邁克狐。爸爸保證，以後不會再這樣了。」

聽到這聲「對不起」，小邁克狐終於開心了。

他輕輕笑了起來，說：「沒關係，爸爸喜歡吃餅乾就吃，餅乾那麼好吃，大人也喜歡吃。」

「真厲害，爸爸都被你抓到了。」狐狸爸爸揉揉小邁克狐的腦袋說：「爸爸的寶貝邁克狐，原來是個神探啊。」

小邁克狐的臉紅了起來，不好意思地說：「沒有，我還算不上呢。」

但是他悄悄地想，假如他繼續努力，說不定有一天，真的能成為很厲害的神探呢！神探邁克狐，這名字真不錯！

科學小站

夢遊

為什麼邁克狐的爸爸熟睡後突然起來偷吃餅乾，第二天卻完全不記得呢？

這種行為叫夢遊，是睡眠中自行下床行動，而後再回到床上繼續睡眠的怪異現象。

08

失火的倉庫

一大早，神探邁克狐就被陣陣狂風吹醒。

他睜開眼睛一看，原來窗戶不知道什麼時候破了一個大洞。

冷風呼呼地從茶壺形的窗戶灌進來，吹得屋裡的東西東倒西歪。

邁克狐裹緊了被子，決定去鎮上的裝潢五金行請人來修理自己的窗戶。沒想到，出了大事！

邁克狐還沒走到裝潢五金行，火光與濃煙就映入他的眼簾，他拔腿跑過去，原來是倉庫起火了！

「快拿水來！快！」長頸鹿老闆在大聲呼喊。

「啾啾啾，啾啾啾……」人群中，穿著破舊背心的水鳥正奮力提著水桶救火，就算羽毛被烤焦了也顧不上。

起火的現場濃煙滾滾，空氣中瀰漫著刺鼻的氣味。可是沒有人因此退縮，大家用浸過水的布料捂住口鼻，分工合作，傳遞著水。

一頭大象咚咚咚地跑到不遠處的小河邊，深吸一口氣，然後仰著鼻子又咚咚咚地跑回來，每跑一步都讓周圍的動物覺得大地在震動。大象跑回來，「嘩」的一下將吸進去的水噴了出來，澆滅了火勢。

終於，在大家的幫助下，大火熄滅了。

邁克狐一看，穿著破舊背心的水鳥不正是王宮的清潔員啾颯嗎，他怎麼又跑到北部森林來打工了？當然，現在並不是敘舊的時候。

只見長頸鹿老闆撲通一聲坐在地上，長長的脖子歪斜著靠著樹幹，眼淚撲簌簌地往下掉，一邊哭一邊說：「我的倉庫呀……我的材料呀……怎麼忽然著火了啊……嗚嗚嗚……讓我找出來是誰做的，我一定不會放過他！」

這時，一個沙啞的聲音傳了過來，「嘎，最後出現在倉庫的人是啾颯，會不會是他？」

大家唰唰唰轉過頭，原來是羽毛黑漆漆的烏鴉管理員在說

話。烏鴉管理員是裝潢五金行的倉庫管理員，每天都待在倉庫的房頂上，倉庫裡發生的所有事情他都知道。聽了他說的話，長頸鹿老闆立刻將他的頭伸向啾颯，惡狠狠地問：「啾颯！是不是你放火燒了我的倉庫？」

啾颯慌忙搖頭，激動地說：「啾！啾啾，啾啾！」

長頸鹿老闆生氣地說：「好呀，你無話可說，一定就是你了！」

烏鴉管理員用粗啞的聲音在一旁附和，「對，肯定就是啾颯，昨天晚上我還看到你在倉庫裡摸來摸去……現在想想，肯定是不懷好意！嘎！」

聽了烏鴉管理員的話，長頸鹿老闆更生氣了，他一把朝啾颯抓去！啾颯連忙往後一翻，咕嚕咕嚕滾到一邊，身上沾了好多灰塵，看起來狼狽極了。可他仍然啾啾啾啾地叫著，拚命搖頭。

「啾啾，啾啾……」可是，啾颯說的是啾啾語，這裡沒人能聽得懂。啾颯是一隻剛到格蘭島生活的年輕水鳥，雖然之前在王宮工作過一段時間，但還是沒能學會動物通用語。

正當長頸鹿老闆憤怒的手快要揪住啾颯的時候，一個身影擋在了啾颯面前。

「我想，造成這場火災的犯人應該不是他。」然後這個身影朝啾颯打了個招呼，「很高興又見到你了，啾颯。」

雪白的毛髮，優雅的金絲框眼鏡，帥氣的格子風衣，還有那頂標誌性的貝雷帽。

大家紛紛驚呼，「天哪！是神探邁克狐！」他們竟然見到了解決了無數案件，最近獲得國王頒發的勳章，名聲傳遍整個格蘭島的大神探邁克狐啊！

啾颯看到邁克狐來了，高興得啾啾直叫，心想：「太好了啾，邁克狐這麼聰明，一定能找到真正的犯人，還我清白的啾。」

大家都對啾颯這隻小啾啾認識神探邁克狐感到驚訝！

「不是他？」聽到神探邁克狐這麼說，長頸鹿老闆漸漸平息了怒火，他一下子抓住邁克狐的爪子，一把鼻涕一把淚地哭訴，「嗚嗚嗚……那神探先生，請你……一定，一定要幫我找到犯人啊，嗚嗚嗚……我的家當啊……」

邁克狐把爪子抽出來，用手帕擦擦，沉穩地說：「放心，既

然我來了，那就已經邁出了找到真相的第一步。」

他轉身朝啾颯笑了笑，啾颯的小臉一下就紅了。雖然知道邁克狐聽不懂自己說的話，可是啾颯還是跟在他後面啾啾啾地表達感謝呢。這麼久沒見了，邁克狐還是那麼帥氣！

裝潢五金行後面的倉庫已經被大火破壞得面目全非，房頂和貨架上被燻得黑漆漆的，髒兮兮的房間裡堆著各式各樣的材料，已經被燒毀一大半了。

邁克狐站在門口，面對這髒兮兮的倉庫皺了皺眉頭，然後解開自己帥氣的風衣，彎下腰禮貌地對啾颯說：「啾颯，能不能請你幫我拿一下風衣呢？」

啾颯的眼睛亮亮的，激動地踮起腳把邁克狐的風衣抱在懷裡，小心翼翼地不讓風衣任何一角沾到灰塵。只見邁克狐挽起襯衫的袖子，進入了髒兮兮的倉庫。

他先是抬起頭環視了一圈，看到倉庫的房頂上掛著各式各樣的電線，全都被火燒了個七零八落。然後邁克狐又看看左右，貨架上雜七雜八地堆放著棉花、木頭、磚頭等雜物。當他轉身時，還不小心碰到了腳邊的一袋石頭。袋子被踢倒了，嘩啦啦地撒了一地，揚起一陣陣黑色的煙塵。

「咳咳咳……」邁克狐皺著眉頭從懷裡掏出一張手帕捂住口鼻，問：「請問失火之後，有人動過倉庫嗎？」

長頸鹿老闆連忙說：「沒有沒有，誰也沒動過裡面的東西。」

邁克狐又問：「那就是說，這個倉庫一直都這麼……混亂？」

長頸鹿老闆這時惡狠狠地瞪了一眼烏鴉管理員。烏鴉管理員瑟縮了一下，抖了抖自己漆黑的羽毛，嘴硬道：「嘎，倉庫只要放東西就好了嘛，弄那麼整齊幹什麼……」

邁克狐搖搖頭，繼續往裡面走，發現水龍頭正一滴一滴地往下滴水。水龍頭附近全是黑色的灰燼。

注意到邁克狐的眼神，啾颯立刻解釋起來，「啾啾，啾啾……啾啾啾啾！」

邁克狐歪歪頭，露出疑惑的表情。啾颯這才想起來，自己說的啾啾語沒人能聽懂啊！這時，烏鴉管理員說話了，「嘎，那個水龍頭很久之前就壞啦！」

「啾啾，啾啾啾！」啾颯搖頭，努力想要表達什麼，卻被烏鴉管理員用翅膀推到一邊。

烏鴉管理員說：「嫌疑人不要破壞案發現場，打擾我們神探邁克狐破案！」

邁克狐瞇起眼睛，露出微笑，說：「放心，任何罪惡都逃不過我的眼睛。」

接著，邁克狐在水龍頭旁一堆白色的粉末前蹲下，他拿出自己的放大鏡仔細觀察，又用手捏了一撮粉末聞了聞，最後站起來，慢條斯理地用手帕擦了擦手，走出了倉庫。

邁克狐自信地對大家說：「我想，我知道倉庫為什麼起火了。」

接著，他從啾颯手中接過風衣，並且對啾颯說了什麼。

啾颯看看邁克狐自信的臉，再看看混亂的倉庫，開始回憶已有的線索，想要把它們聯繫起來。之後，啾颯就一溜煙跑到裝潢五金行裡去了。

長頸鹿老闆跳起來問：「真的？不愧是神探邁克狐！快告訴我們吧，我的家當到底是怎麼被燒掉的！」

邁克狐銳利的眼神死死地盯住烏鴉管理員，伸出一根手指有力地指向他，說：「放火的人就是你，烏鴉管理員！」

烏鴉管理員飛起來叫道：「你胡說什麼呢，我為什麼要放火燒倉庫呢！」

在大家都摸不著頭腦的時候，只見邁克狐攤開手帕，把上面

啾颯偵探筆記

事件：裝潢五金行的倉庫莫名失火

地點：裝潢五金行的倉庫

已知線索：

1. 倉庫非常＿＿＿＿＿，有＿＿＿＿＿的隱患。

2. 水龍頭附近＿＿＿＿＿，說明這裡燒得最厲害，有可能是起火點。

3. 水龍頭有新的破壞痕跡，說明水龍頭是壞的，但是烏鴉管理員說水龍頭＿＿＿＿＿就壞了，說明烏鴉管理員在＿＿＿＿＿。

4. 水龍頭旁邊有＿＿＿＿＿，它跟起火有什麼關係嗎？

看著這些線索，啾颯的腦袋裡一團亂麻。小偵探你有什麼想法？

在這裡寫下你的猜測吧：

殘留的白色粉末遞給大家看，說：「這就是證據。你是裝潢五金行的老闆，那麼你一定知道這個粉末是什麼。」

長頸鹿老闆瞇起眼睛看了一眼，說：「這是熟石灰嘛，裝修時經常用到，只要用生石灰加水就能做出熟石灰了。」

邁克狐點點頭說道：「烏鴉管理員就是用它來引發火災的。」

烏鴉管理員生氣地叫起來，「嘎，怎麼可能呢！你不要隨口亂說！」

大家疑惑的眼睛一起盯著邁克狐。對呀，這麼常見的熟石灰怎麼可能造成火災呢？

「啾啾，啾啾！」這時，剛剛離開的啾颯帶著一小包東西跑

了回來，放到地上，大家打開一看，是一袋隨處可見的生石灰。

邁克狐說：「我這就為大家示範一下。」只見邁克狐將一張紙揉成一團放在生石灰旁邊，然後用一小杯水倒在生石灰上。天哪，生石灰突然「劈啪劈啪」地響起來，緊接著，一陣陣白色的煙霧沖天而起，瀰漫在空中。這還沒完呢！

長頸鹿老闆大叫起來，「天哪……天哪，起火了！」放在生石灰旁邊的紙團竟然神奇地燃燒起來，不一會兒就變成了一堆黑色的灰燼。

大家瞪大了眼睛，下巴都快掉到地上了，這到底是怎麼回事呢？

邁克狐這時為大家解釋道：「生石灰遇到水之後會產生化學

反應，放出大量的熱量，所以紙團會燃燒。剛剛我發現倉庫裡面有好多易燃物，這為火災的發生提供了條件。並且，我在水龍頭旁發現了尚有餘溫的熟石灰，這就證明水龍頭旁之前堆滿了生石灰！水龍頭漏水，水流到生石灰上，火災就這麼發生了……」

聽到這裡，長頸鹿老闆撲通一屁股坐到地上，大哭道：「嗚嗚嗚……難道這就是一場意外？我的材料啊……嗚嗚嗚嗚……」

這時，邁克狐的眼睛閃過一道精光，說：「不不不，這場火災是人為的！犯人就是你，烏鴉管理員！」

「什麼！」長頸鹿老闆非常震驚。

烏鴉管理員生氣地拍拍翅膀，激動地說：「你可別空口汙衊人！這明明就是一場意外！充其量只是我管理倉庫不當，引發了火災，怎麼能說我故意放火呢。故意縱火和無意引發火災可是兩個罪名！」

邁克狐搖搖頭說：「這看起來是一場意外，但是你為什麼要說謊呢？」

說謊？大家把視線轉向烏鴉管理員，烏鴉管理員氣得黑色的羽毛下都透出一股紅色了！

更驚人的事情發生了，邁克狐張口叫出來，「啾啾，啾啾啾！」

啾颯跳了起來，激動地用啾啾語回應。原來，邁克狐竟然會說啾啾語，啾颯一直都不知道呢！

邁克狐點點頭說：「是的，我會說啾啾語。當我看向水龍頭

科學小站

生石灰與放熱反應

倉庫起火竟然是生石灰和水引起的！為什麼會引起火災呢？

這是因為生石灰（氧化鈣）和水碰到一起，會產生很強烈的化學反應，從氧化鈣變氫氧化鈣，即熟石灰，反應的過程中會放出熱量，導致溫度變高。如果這個時候旁邊有易燃物，就可能被點燃喲！

的時候，啾颯說了幾句話，意思是，這個水龍頭上面有很新的被破壞的痕跡，而烏鴉管理員卻說這是很久之前壞的！而我剛剛看了看水管，上面確實有嶄新的被鉗子破壞的痕跡。請問烏鴉管理員，你為什麼要說謊？」

烏鴉管理員無話可說了，自認理虧地低下頭，說自己是其他裝潢五金行派來搞破壞的。這可把長頸鹿老闆氣壞了，揪著烏鴉管理員的後頸就把他帶到了警察局。

長頸鹿老闆的聲音從風中傳來，「謝謝你，神探邁克狐！等明天，我會親自去你家道謝，幫你修理壞掉的家具，一毛錢都不要！」

而啾颯呢，則站在邁克狐面前朝他鞠躬道：「啾啾啾，啾啾！」

邁克狐當然能聽懂了，這是啾颯在說「謝謝你幫助我」呢！

邁克狐微笑道：「找到真相，是我作為偵探的本分！」

說完，邁克狐大步離開了，在啾颯崇拜的目光中，留下帥氣的背影。

偵探
小劇場
邁克狐
——智慧的化身＆體育菜鳥
從小成績優異，
是優秀的代名詞
数学
然而
優秀的邁克狐
……
弱點是體育
100公尺測試
太慢了！！
00:42
比別人300公尺還慢
不及格！！
引體向上
只有引體
沒有向上
游泳
比石頭還要重
其實，
大家只要能做好自己
擅長的事，對社會
貢獻自己的能力就
可以了。
畢竟
沒有人是
完美的。
幸好當偵探
不考體育，
不然現在應
該在甜點店
打工吧！

偵探密碼本

邁克狐的偵探事務所裡，有一份珍藏的密碼本。當偵探助理們在書中遇到謎題時，可以根據謎題中留下的數字線索，透過密碼本將數字轉化為英文字母。不過，其中有個英文字母是多餘的，去掉它才能組成正確的單詞喲。快來和啾颯一起，成為邁克狐的得力助手吧，啾啾啾！

	1	2	3	4	5	6
1	D	A	S	E	G	Q
2	L	R	C	W	K	F
3	T	H	U	G	S	Z
4	B	R	N	T	F	P
5	O	Z	I	V	J	Y
6	A	X	K	M	J	Y

密碼本使用方法：每組數字的第一位表示字母在第幾列，第二位表示在第幾排。例如數字３２表示在第３列第２排，字母為Ｈ。

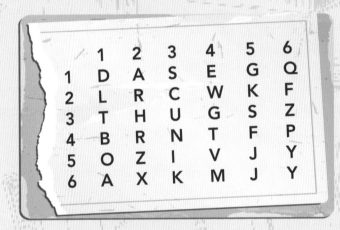

偵探密碼本解答

	1	2	3	4	5	6
1	D	A	S	E	G	Q
2	L	R	C	W	K	F
3	T	H	U	G	S	Z
4	B	R	N	T	F	P
5	O	Z	I	V	J	Y
6	A	X	K	M	J	Y

書中數字：34、21、12、65、23、53、14、22

（紅色數字為干擾項目，需去掉紅色數字對應的字母才能得到真正的答案）

答案：glacier（冰川）

啾啾島毀滅的真正原因是氣候暖化。人類排放二氧化碳等溫室氣體，讓地球的氣溫不斷升高。

氣溫升高引起氣候暖化，大量冰川消融，海平面上升，像啾啾島這樣地勢比較低矮的小島，就被海水一點一點淹沒了。所以啾颯和其他啾啾一樣，只能離開家鄉，在世界各地流浪。

啾啾族的願望是重建啾啾島，而這需要大家的努力，從自己做起，保護環境，減少碳排放，珍惜我們的地球。

國家圖書館出版品預行編目 (CIP) 資料

神探邁克狐 / 多多羅著 . -- 初版 . -- 臺北市 : 晴好出版事業有限公司出版 ; 新北市 : 遠足文化事業股份有限公司發行 , 2024.01
冊 ;　公分 . -- (Y ; 8-)
ISBN 978-626-7396-13-1 (第 1 冊 : 平裝)

857.7　　112018608

Y101

神探邁克狐

命運的預告信① 千面怪盜篇

作者｜多多羅
專業審訂｜李曼韻
繪者｜心傳奇工作室
責任編輯｜鍾宜君
封面設計｜FE 工作室
內文設計｜簡單瑛設
校對｜呂佳真

出版｜晴好出版事業有限公司
總編輯｜黃文慧
副總編輯｜鍾宜君
行銷企畫｜胡雯琳、吳孟蓉
地址｜104027 台北市中山區中山北路三段 36 巷 10 號 4 樓
網址｜https://www.facebook.com/QinghaoBook
電子信箱｜Qinghaobook@gmail.com
電話｜（02）2516-6892 傳真｜（02）2516-6891

發行｜遠足文化事業股份有限公司（讀書共和國出版集團）
地址｜231023 新北市新店區民權路 108-2 號 9 樓
電話｜（02）2218-1417 傳真｜（02）2218-1142
電子信箱｜service@bookrep.com.tw
郵政帳號｜19504465（戶名：遠足文化事業股份有限公司）
客服電話｜0800-221-029 團體訂購｜02-22181717 分機 1124
網址｜www.bookrep.com.tw
法律顧問｜華洋法律事務所／蘇文生律師
印製｜凱林印刷
初版 4 刷｜2024 年 7 月
定價｜300 元
ISBN｜978-626-7396-13-1 (平裝)